SÉDUIRE UNE FAË

REVENDIQUÉE PAR L'ALPHA

MILA YOUNG

Traduction
SOPHIE SALAÜN
Sous la direction de
JEAN-MARC LIGNY

CONTENTS

Capturer une Faë

Séduire une Faë

Apprivoiser une Faë

Revendiquer une Faë

Trois faë dangereux, deux mondes en guerre, un seul sauveur qui peut changer leur destin…

J'ai quitté ma famille d'accueil et tous les fardeaux de mon ancienne vie pour prendre un nouveau départ à l'université, en espérant que les choses changeraient enfin pour le mieux. Que les cauchemars terrifiants, les visions perturbantes et les voix étranges cesseraient.

Que je pourrais enfin être normale.

Mais ça ne devait pas se produire.

Trois guerriers faë, parmi les plus dangereux et les plus époustouflants, débarquent soudain dans ma vie et changent mon destin à tout jamais. À les écouter, je suis leur sauveuse.

Ces princes ardents ne cessent de répéter que je leur *appartiens*, que ma place est auprès d'eux dans le Royaume Errant, un endroit où l'amour est perdu, où la guerre fermente comme un poison, et où les royaux autrefois puissants sont pourchassés et massacrés par milliers.

C'est ce monde qu'ils veulent que je sauve. Mais parmi ces monstres, il ne peut y avoir de salut. Ces trois princes faë qui ont juré de me protéger cachent eux-mêmes de dangereux secrets. Des secrets qui pourraient signer mon arrêt de mort si je ne les découvre pas bientôt…

CHAPITRE 1
GUEN

Légendes des Faë

Tu es maudite. Tu l'as toujours été. Tu franchis le seuil de la Cour des Cendres et tu tombes dans un sommeil infini, au cours duquel le sang des faë coulera pour l'éternité.

— Je t'assure qu'il est en train de te mater le cul, murmure Nickie dans mon oreille, jetant un œil par-dessus son épaule à la rangée de types près du bar. Je suis prête à parier que c'est lui ton rencard.

Je soupire bruyamment.

— Pourquoi est-ce que je t'ai laissée me convaincre d'accepter un blind date ? Je suis nulle quand il s'agit de parler à des étrangers. C'est ma langue, qui fait ce truc… Elle double de volume, et je bave.

— Sottises. Il faut juste que tu trouves le bon type. Il y a des gars qui aiment les baveuses.

Elle me tire la langue.

Ce qui craint le plus, c'est que je crois qu'elle a raison. Quand elle dit qu'il faut tomber sur le bon, pas ce truc sur les types qui aiment les baveuses. Il suffit de trouver le bon « match », et tout coulera de source, non ? Sauf que ne suis pas certaine de croire à tous ces contes de fées, le prince qui vient me chercher et qui découvre que je suis parfaite telle que je suis. Peut-être que certaines personnes ne sont tout simplement pas faites pour trouver leur âme sœur ou vivre heureuses jusqu'à la fin des temps.

J'entends quelqu'un se racler la gorge derrière moi. Je me tourne vers l'organisatrice. Vêtue d'une jupe courte et d'un débardeur, et se tient près de la porte de cette petite salle privée à côté du bar.

– Mesdames, prenez place s'il vous plaît. Nous allons commencer dans une minute.

Sa voix est sévère et je devine que ce n'est pas son premier rodéo.

Nickie me pousse vers l'une des dix tables pour deux disposées dans la salle.

– Que le spectacle commence.

– Soit dit en passant, quand tu dis « sottises », on dirait ma grand-mère. Je te le dis en tant qu'amie.

Je lui adresse un sourire en coin et c'est mon tour de lui tirer la langue. J'aime ma meilleure amie, même quand elle se montre super insistante. Sauf qu'elle rayonne d'excitation de m'avoir traînée à ce blind date, et même si ça me fait mal de l'admettre, son énergie est contagieuse. Et si je rencontrais un type correct ? Et si je me surprenais à faire facilement des sourires qui attirent l'attention ? J'ai vu des types succomber sous le charme de la drague de Nickie, alors ce soir, c'est peut-être l'occasion pour moi d'essayer.

– Actuellement, je suis un régime sans gros mots, avoue-t-elle.

C'est nouveau pour moi, car ce matin encore, elle jurait comme un charretier.

Elle tire sur sa jupe rouge moulante qui remonte sur ses cuisses, bien qu'elle attirerait quand même l'attention si elle portait un sac en toile de jute. Elle porte un bracelet bleu autour du poignet, tout comme moi... Ce bar autorise les moins de vingt-et-un ans à entrer, à condition de montrer cette bande colorée pour qu'on ne leur serve pas d'alcool.

Nickie possède ce genre de beauté simple, très « fille d'à côté ». Elle se maquille à peine, et pourtant elle a une peau impeccable, des lèvres naturellement pulpeuses, et je tuerais pour avoir d'aussi belles boucles rousses. Quant à moi... C'est du boulot pour moi d'avoir l'air moitié moins belle qu'elle, mais ce que j'aime chez elle, c'est que quand nous sommes ensemble, elle est pragmatique et ne me juge pas.

– En plus, Jack adore quand je parle comme ça au lit. (Elle me fait un clin d'œil.)

– Beurk, je ne veux rien savoir. Mais en vrai, qu'est-ce que je suis censée dire à mon rencard ? Je lui parle météo ? Je lui demande comment il gagne sa vie? Bon sang, j'en ai déjà marre.

Et je parle trop, signe évident que je suis nerveuse, sans compter mes mains moites. Je ne peux plus serrer la main de quiconque. Je les essuie sur ma robe noire.

Elle est toute simple, avec de fines bretelles, et mieux encore, sa coupe me donne une taille cintrée. Elle fait ressortir les courbes légèrement galbées de mon buste et mes hanches, dissimulées dans la plupart de mes vêtements.

– Au fait, tu es une vraie bombe dans cette robe, le noir fait vraiment ressortir ta peau pâle. On dirait une poupée de porcelaine.

– Est-ce que c'est un compliment ?

Elle se frotte le visage, et secoue la tête en me regardant.

– Bien sûr que oui. Tu n'as pas vu les dernières tendances dans la mode ? Le bronzage, ce n'est vraiment plus stylé. (Elle parcourt la salle du regard.) Maintenant, quand l'heureux élu arrivera, parle normalement avec lui, comme si tu étais à la fac.

– Même ça, je suis incapable de le faire.

Je commence à m'éloigner, parce que ça ne marchera pas, et que j'ai fait une erreur en acceptant de venir ici.

Nickie me tire par le bras et m'oblige à me rasseoir à cette table portant un gros chiffre 7 sur un morceau de papier.

Voilà à quoi j'en suis réduite. Spécimen numéro sept qu'un type au hasard peut venir essayer, comme si c'était un stand de dégustation de glaces.

– Ce n'est qu'un blind date, et on fait ça en groupe, comme ça tout le monde est plus à l'aise, alors ne sois pas nerveuse. Crois-moi, avec tous ces rêves étranges que tu fais au sujet de royaumes et de princes, tu as besoin de t'envoyer en l'air avec un vrai mec.

– Mais j'ai de l'action ! lancé-je un peu trop fort, attirant l'attention d'une jolie rousse à deux tables de là, qui m'adresse un clin d'œil.

Les paroles de Nickie me font mal, parce que je lui ai confié les rêves qui m'ont affligée toute ma vie. Des rêves dont, il y a deux ans encore, j'aurais juré qu'ils étaient vrais… Des rêves dont je me souviens à peine.

– J'ai vu tous mes rencards potentiels quelque part dans le bar, mais aucun…

— Rah ! Contente-toi de poser ton cul et arrête de te prendre la tête. (Nickie ouvre son minuscule sac à main argenté, en sort un petit morceau de papier plié.) Je t'ai préparé quelque chose pour t'aider si tu es coincée, parce que je savais que tu flipperais. (Elle se penche plus près de moi, et me fourre le papier dans la main.) Je prie pour que ton rencard soit ce type au whisky haut de gamme dans son costume à rayures. Tu as vu la taille de ses pieds ? Regarde toujours les pieds d'un homme pour savoir tout ce qu'il y a à savoir. Ses chaussures te diront à quel point il est riche, leur état t'indiquera s'il prend son soin de ses proches, et tu sauras aussi à quel point il te fera crier au lit.

– Si ça tourne mal, c'est à toi que j'en voudrai.

– Amuse-toi bien, me souhaite-t-elle avant de traverser la pièce vers la porte qui mène à la salle principale du bar, tandis que les solitaires et désespérés restent rassemblés ici.

Des ballons décorent les coins, les lumières sont tamisées par un tissu rouge, donnant à l'atmosphère une teinte rougeâtre.

Je me sens idiote, et mal à l'aise, et…

– Commençons.

L'organisatrice ferme la porte vitrée de notre salle, nous coupant des bavardages du bar, et tout ce que je vois, c'est Nickie qui écrase son visage sur la vitre pour me faire une grimace.

Je lui fais un doigt d'honneur, et elle éclate de rire avant de disparaître dans la foule dans l'autre salle.

Et c'est pour cette raison que jamais personne ne devrait laisser un ami lui proposer des blind dates, ou n'importe quel rencard d'ailleurs. Mais je mentirais si je disais que je ne suis pas un tout petit peu excitée de voir avec qui on m'a mise en couple, par pure curiosité scientifique, bien sûr.

L'homme qui me rejoint à ma table m'adresse un sourire doux. Il a le teint hâlé, avec de beaux yeux verts chaleureux, et les cheveux coupés courts. Il est mignon, pas super sexy, mais agréable à regarder. Il a sans doute une ou deux années de plus que moi. Vingt-et-un ou vingt-deux ans.

– Je m'appelle Holt. Ravi de te rencontrer.

Il arbore une expression neutre. Il me regarde et me tend la main comme s'il s'agissait d'une transaction commerciale, et c'est peut-être ainsi que certains voient toute cette histoire de blind date. Vous entrez des détails sur vous dans une machine, elle vous apparie avec la personne la plus compatible. Et apparemment, Holt est celui qui me convient d'après ce que Nickie a ajouté à mon profil.

– Salut, je m'appelle Guen.

Je lui serre la main et il s'assied rapidement, la reposant sur ses genoux, et je remarque qu'il l'essuie prestement sur son jean.

Mais pourquoi je lui ai serré la main ?

Mon cœur bat à tout rompre, je sens la chaleur grimper le long de mon cou.

– Tu as l'air un peu différente de la photo de profil que tu as envoyée, déclare-t-il d'emblée, et ce n'est pas bon signe. Je n'avais pas remarqué que tes cheveux étaient si blonds. C'est une teinture ? Non pas que ce soit un problème, c'est juste que je ne m'y attendais pas.

Je me raidis. Par qui a-t-il été élevé ? Des chiens sauvages ? Je fais de mon mieux pour accorder à Holt le bénéfice du doute, mais la merde qui lui sort de la bouche me fait serrer les dents.

– En fait, c'est drôle, ma colocataire a envoyé la photo à ma place, et je venais juste de sortir de la douche. Donc je n'étais pas maquillée, et je n'avais qu'une serviette autour de moi quand elle a pris la photo. Les amis font parfois des choses dingues, non ?

J'attrape mon verre d'eau fraîche gratuit et en avale une grande gorgée.

– Je préfère le look naturel chez une femme. Moins de vêtements, moins de maquillage, les cheveux libres et non teints. Pourquoi toucher à ce que Dieu nous a offert, hein ?

Il relève le menton et bombe le torse avec suffisance, et je me retiens de lever les yeux au ciel.

– C'est ma couleur de cheveux *naturelle* !

Estomaquée, je repousse ces cheveux blonds auxquels j'ai passé toute la nuit à essayer d'ajouter de petites boucles. Boucles que mes cheveux ont un mal de chien à conserver.

Il se fige, puis me dévisage comme si je pouvais être

le monstre de ses cauchemars, et des alarmes commencent déjà à retentir dans ma tête. Il est impossible que Holt soit mon match parfait.

À dire vrai, je pensais avoir rencontré mon vrai partenaire il y a deux ans, en un autre endroit, dans un autre monde.

Luther.

L'un des trois princes de la Cour des Cendres, dans le Royaume Errant, dans un monde étranger au nôtre.

Mais après tout ce temps, j'ai oublié beaucoup de choses, y compris pourquoi je pensais qu'il était fait pour moi. Je commence à me demander si tout ça n'était pas dans ma tête, comme me le répète la psychiatre clinicienne que mon médecin m'a demandé de consulter. C'est la seule raison pour laquelle j'ai accepté ce blind date. C'est une manière d'avancer dans ma vie, d'oublier l'homme imaginaire dans mon cœur. L'homme qui a promis qu'il reviendrait pour moi, ce qu'il n'a pas fait. Ce qui confirme d'autant plus ma théorie selon laquelle les contes de fées n'existent pas.

Holt remplit mon verre avec la carafe d'eau posée sur la table, et m'adresse un sourire bancal.

– Je n'avais pas l'intention de t'offenser ; parfois j'ai un don pour dire ce qu'il ne faut pas.

– C'est bon.

Je bois nerveusement un peu plus d'eau, déjà à court d'idées pour lui faire la conversation.

Je me souviens du petit mot de Nickie, et je l'ouvre à tâtons sur mes genoux.

– Alors, qu'est-ce que tu aimes faire de ton temps

libre ? me demande Holt, qui n'a pas l'air nerveux, tandis que je me noie dans ma sueur.

– Quand j'ai l'occasion, je peins des paysages. (Des paysages de ce monde qui venait à moi dans mes rêves de châteaux, d'une forêt mortelle aux arbres tordus, de dents et de griffes.) Mais la plupart du temps, je fais mes devoirs. J'étudie à l'université du coin. Et toi ?

– En journée, je monte des échafaudages sur des chantiers de construction. Mon dernier projet est juste en bas de la rue. On pourrait peut-être aller y faire un tour plus tard, et je te montrerai. Mes dernières petites amies habitent sur le chemin.

Les mots me manquent, je ne sais pas ce qu'il insinue ; et à présent, l'image qui me vient en tête, c'est celle de ses petites amies alignées en rang d'oignons pour que Holt les salue en passant. Mais je n'irai nulle part avec lui, ni ce soir ni jamais. Plutôt mourir.

– Oh, c'est chouette.

Il se met à parler du nombre de filles avec qui il est sorti cette année, parce que c'est vraiment une conversation idéale pour un premier rendez-vous.

À vrai dire, ce rencard est vraiment atroce. J'aurais peut-être dû camper sur mes positions et dire non à Nickie quand elle m'avait annoncé avoir organisé ça pour moi. Il devrait y avoir un bouton pour s'échapper.

Je sens un picotement d'avertissement dans ma nuque, comme si quelqu'un m'observait par-derrière.

Je jette rapidement un œil autour de moi, mais tout le monde est concentré sur son rencard et je pose les yeux de l'autre côté de la porte vitrée qui donne sur le bar. Il y a des gens partout, mais personne qui me regarde. Pourtant, j'ai la chair de poule.

Je baisse les yeux sur le petit mot de Nickie :

Si tu lis ceci, c'est que tu as atteint le niveau désespéré.

Si tu l'aimes bien, parle-lui sports ou jeux vidéo ou (complète selon tes intérêts) et écoute-le.

Si c'est un sale type, dis-lui que tu es fétichiste des pieds ou un truc dégueu, et prévois de déménager au Japon d'ici un mois.

Je froisse le papier et joue avec. *Wouah, génial le conseil, Nickie.* Autour de nous, des femmes gloussent, flirtent, et un couple se tient la main. J'ai envie d'échanger mon rencard. Je n'ai jamais eu de chance avec les garçons. Au lycée, le type sur lequel je craquais ne m'avait jamais vue autrement que comme une amie, et il avait fini par sortir avec mon ennemie jurée ; et un autre gars que je n'aimais pas a pensé que j'étais assez bien pour un coup d'un soir sous la contrainte. Peut-être que l'univers essayait de me dire quelque chose. Même si j'aimais à penser qu'un jour, je trouverais quelqu'un qui ne me mènerait pas en bateau.

– Ma dernière petite amie a eu plein de mauvaises expériences avec des types qui l'avaient maltraitée. En tant qu'homme, je dois admettre qu'il y en a pas mal qui craignent.

– Oui, on est d'accord là-dessus. Les mecs, ça craint.

J'irai même plus loin en disant que tomber amoureux est une tragédie. J'ai vu Nickie si malheureuse quand son dernier petit ami l'a laissée tomber. Ils sont sortis ensemble pendant onze mois, et maintenant, j'espère vraiment que Jack sera différent.

Une fois, elle a comparé le fait de trouver l'amour à jouer à la roulette russe, le véritable homme de sa vie étant l'unique balle, le reste étant les chambres vides. J'avais tenté de lui expliquer à quel point son analogie était fausse. Trouver la balle, c'est le truc dont on n'a pas envie à la roulette russe. Elle avait balayé mes arguments en disant que dans son esprit, ça avait du sens.

Je cherche du regard l'organisatrice pour l'appeler à la rescousse et m'enfuir, parce que, selon ma définition, Holt, c'est vraiment comme trouver la balle.

– Beurk, pas vrai ? dit-il. Sauf moi. Tu peux demander à mes ex.

– Tu veux bien m'excuser un moment ? Je dois aller aux toilettes. (Je me lève sans attendre sa réponse.) Je n'en ai pas pour longtemps.

Je sors tranquillement de la pièce, remarquant au passage que Bigfoot s'est dégotté une petite brunette aux boucles serrées qui lui fait les yeux doux. Eh bien il y en aura au moins une qui criera de plaisir ce soir. J'ouvre la porte et me glisse dans l'autre salle, où les bavardages et la musique me submergent, et me rue comme une dingue dans la foule.

Je me raidis quand un type derrière moi prononce mon nom. J'imagine que c'est Holt qui m'a suivie. Je me retourne, prête à balancer un *va te faire voir,* sauf qu'il n'y a qu'un groupe de fêtards derrière moi. Bizarre. Je me faufile à travers la masse jusqu'à repérer enfin Nickie, assise sur les genoux de son petit ami devant une petite table, en train de boire un verre.

Je m'approche d'elle et crie par-dessus la musique :

– Je ne peux pas faire ça !

Nickie tressaille, et se renverse un peu de jus d'orange sur la poitrine.

– Pu… punaise, Guen, tu m'as fichu la trouille ! Qu'est-ce que tu fais là ?

Je secoue la tête.

– Je suis tombée sur le taré de la bande, Nickie, et tes astuces, elles étaient nazes.

D'une pichenette, je jette le papier froissé sur la table devant elle. Je m'effondre dans le canapé en cuir vide à côté, et croise les jambes.

– Il était trop flippant. À parler de ses ex-petites amies, et du fait qu'il aime les filles *au naturel.* Il est sûrement nudiste. Pourquoi tu as envoyé cette photo de moi en serviette ?

Jack, son petit ami, est en train de lui embrasser la clavicule, léchant le liquide renversé. Il est beau, avec de courts cheveux blonds, il est parfait pour Nickie. Ce sont tous deux des personnalités excentriques, et ils s'entendent bien.

Elle rit, puis se reconcentre sur moi.

– Donne-lui juste une chance. Il est nerveux. Regarde comment toi tu étais nerveuse.

Je plante mes griffes dans le canapé.

– Tu devras m'y traîner de force pour que je retourne à cinglé-ville.

Elle ne m'entend pas, car elle est en train d'embrasser Jack. Je me contente de lever les yeux au ciel, puis j'observe quels autres hommes au bar auraient pu être des rencards plus appropriés. La plupart sont en train de boire, tout en et d'essayer de lever des filles.

Peut-être Nickie a-t-elle raison, j'ai jugé Holt trop hâtivement ?

Mon regard s'attarde, par-delà la foule, sur un homme aux épaules larges et au regard de braise au milieu des ombres. Les bavardages et la musique sont assourdissants, mais à cet instant, alors que je pose les yeux sur cet inconnu, je n'entends plus rien que la montée tranquille de mon rythme cardiaque. Il se démarque de tous les autres comme s'il n'avait pas sa place ici. Et je n'arrive pas à détourner le regard de lui, comme si j'étais en transe. Il est puissant et il dégage une aura de pur danger, rendant mon pouls frénétique.

J'ai envie de regarder ailleurs, de faire autre chose que rougir comme une idiote.

Il est grand. Il doit faire environ un mètre quatre-vingt-dix, et sa chemise moule son torse et ses épaules larges. Il porte des vêtements sombres, et ses cheveux courts et noirs se fondent dans l'ombre comme s'il en était issu. Et ce visage... Des angles aigus et une mâchoire forte, des yeux verts cristallins, qui brillent presque dans l'obscurité qui l'entoure.

Bon sang, il est carrément torride, et sa présence réveille quelque chose de profondément enfoui en moi, une chose primale et ardente.

Je me lève et gravite vers lui en une transe lascive dont je ne parviens pas à me défaire. C'est peut-être ma chance de découvrir qui il est. La seule autre personne à m'avoir fait ressentir une chose pareille, c'était Luther, mais c'était il y a deux ans, et apparemment le fruit de mon imagination. Sauf que ç'avait eu l'air très réel, surtout qu'il m'avait promis de revenir pour moi... mais ne l'avait jamais fait.

Quelqu'un s'interpose entre le beau mec et moi, rompant notre contact visuel. Je suis en train de me pâmer pour cet étranger, et quand la foule s'écarte de nouveau, il a disparu. Je scrute la salle et ne le vois nulle part.

– Retourne le chercher, m'intime Nickie.

– Ouais, bien sûr, marmonné-je avant de traverser la salle, fixant l'endroit où le monstre sexy se trouvait il y a quelques secondes à peine.

Je suis plongée dans mes pensées quand l'organisatrice de la séance de blind date se plante soudain devant moi, arborant une expression vraiment déçue.

Mon ventre se serre et je me torture l'esprit à chercher l'excuse parfaite pour expliquer pourquoi je ne peux pas y retourner, sauf que c'est le contraire qui sort de ma bouche. Dire des idioties, c'est l'une de mes spécialités.

– Oh, j'étais justement en train d'y retourner.

Je me gifle mentalement pour avoir abandonné si vite. Je n'ai jamais été douée pour dire *non* aux gens. Si jamais je devenais un superhéros, ce serait ma kryptonite.

Je suis déjà en train d'avancer à ses côtés, jetant un œil par-dessus mon épaule, à la recherche de l'homme mystère.

– Si vous ne donnez pas leur chance aux gens, comment trouverez-vous votre match parfait ? me réprimande-t-elle alors que nous entrons dans la salle.

Je baisse les yeux, grimaçant encore plus intérieurement.

– Désolée, répété-je, fixant ses aimables yeux noisette.

Je décide de me montrer honnête avec Holt et d'y mettre un terme maintenant.

– Il n'est pas trop tard, dit-elle d'une voix pleine d'espoir.

Je retourne rapidement à ma place, pour découvrir que ce n'est pas Holt qui est assis en face de moi.

– C'est toi.

Les mots s'échappent tous seuls de mes lèvres.

Je me tortille sur mon siège et ma jupe s'accroche au rebord de la chaise en bois – j'entends la première déchirure.

Doux Jésus, non !

– Est-ce que tout va bien ? me demande-t-il de sa voix rauque, profonde et masculine… tout l'opposé de Holt.

C'est l'homme que j'ai repéré dans le bar, avec ces yeux verts si brillants qu'on croirait des émeraudes polies.

De plus près, il est bien plus beau et divin, et ai-je précisé qu'il est *costaud*, comme s'il avait mangé Holt pour prendre sa place ? Il a des cheveux châtain coupés courts, plus longs sur le dessus, une mâchoire et un nez bien dessinés, des lèvres pleines. Ses yeux ne cessent de m'appeler, comme s'ils appartenaient à un autre visage. Je ne sais pas du tout pourquoi je pense à ça, mais les mots me manquent.

Il m'évalue de son regard ardent, tout comme je le

scrute, l'esprit en ébullition pour trouver quoi lui dire. Je sens la panique monter en moi, et mon visage me brûle d'être si près de lui, probablement en train de me ridiculiser. Il a l'air d'avoir tout le choix qu'il veut en matière de filles, et n'a guère de mal à attirer leur attention.

– Je me suis peut-être assise à la mauvaise table…

Je commence à partir, la peau rougie de gêne, mais la déchirure de ma jupe s'allonge et je suis sur le point de crier, m'imaginant avec un énorme trou aux fesses.

– Non, c'est la bonne table. Tu es le numéro sept. Le garçon d'avant a dû partir d'urgence.

Empoignant le tissu de ma jupe qui est pris dans cette maudite chaise, je lève les yeux vers le dieu du sexe qui me dévisage, attendant ma réponse.

– Sept, ouaip, ça doit être moi.

Je tire sur le tissu pour me libérer, mais il est coincé, comme si Satan lui-même l'avait cousue à la chaise pour me faire souffrir.

– Oh, je m'appelle Guen, dis-je en rougissant si fort que je brûle.

J'attrape mon verre que je vide d'une traite.

– Dei… Demi, dit-il, semblant avoir du mal à se souvenir de son propre nom.

Je hausse un sourcil.

– Demi ? Vraiment ?

Son mensonge me fait tirer plus fort encore sur ma jupe, dans une tentative pour me sortir de là tout en souriant à l'homme que mes ovaires se préparent à épouser. Une déchirure plus forte résonne. Je tombe à moitié de ma chaise qui se renverse avec moi.

Le cœur au bord des lèvres, je me visualise au sol, la jupe relevée jusqu'à la taille.

Des mains fortes m'attrapent, Demi est à mes côtés quasi instantanément, à me remettre d'aplomb. Mon cœur bat tellement fort à présent. Si je rougissais avant, maintenant je suis une supernova, plongeant dans l'atmosphère terrestre à cinq cents degrés.

Agenouillé près de mon siège, il découvre la cause de ma petite mésaventure.

– Je crois que ta blouse est coincée.

Ma blouse ? Je secoue la tête et jette un coup d'œil alentour : les autres me regardent, et je suis mortifiée.

– Ce n'est rien, vraiment. Ne t'inquiète pas, insisté-je, posant ma main sur le trou béant qui dévoile ma cuisse juste au-dessous de mon string.

Mais il est en train de tripoter quelque chose sous ma chaise, et à le voir ainsi agenouillé, au niveau de ma tête, j'ai des picotements dans tout le corps.

Ses doigts effleurent doucement le côté de ma cuisse. Ce n'est qu'un simple contact, mais qui suffit à me couper le souffle et à faire durcir mes mamelons. J'imagine ses mains partout sur mon corps, sa bouche parcourant ma peau, sa tête entre mes cuisses.

Qu'est-ce qui ne va pas chez moi ?

Il empoigne le tissu pour me libérer de ma torture, déclenchant des frissons électrisants dans tout mon corps. Mon esprit s'emballe, envahi de folles pensées, où je me penche pour goûter les lèvres de cet étranger. Ma tête valse entre le choc et l'embarras.

Le couple le plus proche ne cesse de nous regarder.

Je leur souris et leur fais un petit signe de la main avant de la laisser retomber, me sentant idiote.

– Elle est bien coincée là-dedans, constate Demi.

Oh bon sang !

Il arrache le tissu coincé si soudainement que tout mon corps frémit à ce mouvement. Une déchirure atroce se fait entendre, et je suis sur le point de mourir.

Je baisse les yeux et je vois la moitié de ma jupe dans sa main, le reste couvrant à peine mon string.

Tuez-moi maintenant.

Je lui jette un regard noir, et si j'en avais le pouvoir, mes yeux lui lanceraient des rayons laser.

– Tu te moques de moi ?

Sa bouche s'étire en un sourire.

– Ce n'était pas censé arriver.

– Vraiment ? *Tu crois ?* Oh, mon Dieu, marmonné-je. Je tâtonne et me rends compte que la moitié de mon cul est exposé, et c'est mon pire cauchemar devenu réalité. Me retrouver nue en public. Je vais peut-être me réveiller et me rendre compte que c'est un autre de mes rêves dingues. Faites que ce soit ça.

– Dieu ne pourra pas t'aider, mais moi oui.

Demi déboutonne sa chemise, révélant une poitrine forte et large, pas trop velue, mais très musclée.

Je reste bouche bée en contemplant la vue d'un homme bien bâti et à moitié nu, la bouche tordue en un rictus. Il savait exactement quel effet il produit sur moi. Il est beau à en faire fondre les culottes… bon sang, oui.

– Qu'est-ce que tu fais ?

Les yeux exorbités, je tends la main pour remettre sa chemise en place avant que tout le monde le voie et pense que nous sommes sur le point de faire des choses, vu qu'il me manque la plus grande partie de ma jupe. Heureusement, l'endroit est faiblement éclairé.

– Même si j'adorerais profiter de ce moment pour admirer ton derrière dénudé, j'insiste pour que tu prennes ma chemise.

Il la secoue pour la faire tomber de ses bras de la taille d'une bûche et me la tend.

Je l'enfile en hâte, les sens submergés par son parfum viril. Oh, pourquoi a-t-il besoin de sentir aussi divinement bon ? C'est parfaitement injuste. Je flotte dans sa chemise noire, et quand je me lève enfin, elle tombe jusqu'à mes genoux. Aucune fesse en vue.

– Merci.

Je lève les yeux sur Demi debout torse nu, et c'est la chose la plus incroyable que j'aie jamais vue. Des muscles et abdominaux saillants se rejoignent en un V parfait, où son pantalon de costume noir repose bas sur ses hanches. Mes doigts me démangent de la tentation d'aller voir à quel point ses muscles sont durs. Honnêtement j'ai encore la tête qui tourne à cause de la rapidité à laquelle tout s'est déroulé, et je lui donne un conseil alors que je suis toujours furieuse :

– La prochaine fois, sers-toi de ton vrai prénom pendant un rencard, et essaie de ne pas arracher la jupe de la fille.

– Je viens juste de te sauver.

Il me fixe d'un air amusé. Je hausse un sourcil.

– *Sauver* dans le sens le plus large du terme.

– Je crois que c'est mon jour de chance, se moque-t-il avec un rictus.

J'ai envie de le frapper au bras, même si, à en juger par sa taille, je doute qu'il sente quoi que ce soit.

– Ce n'est pas souvent que j'ai l'occasion d'aider une jeune fille qui me montre son beau derrière rebondi. Il me dévisage, et son sourire s'élargit.

– Rebondi ? (J'avais tort de penser qu'il était inconscient, il savait exactement ce qu'il faisait avec ma jupe.) Ouais, c'était ton jour de chance, dis-je. J'espère que tu en as bien profité, parce que ce sera la dernière fois que tu verras mon *derrière*.

Et d'abord, pourquoi parle-t-il aussi bizarrement ?

On entend un halètement, et la fille rousse assise près de nous reste bouche bée ; elle attire l'attention de tout le monde sur nous, ce qui nous vaut des regards envieux.

– Rangez ça, siffle un type.

L'organisatrice accourt, son regard allant de moi au magnifique garçon en partie dénudé.

– Est-ce que tout va bien ? halète-t-elle, ses yeux s'attardant sur la poitrine nue de Demi.

J'ouvre la bouche pour lui donner une explication, mais Demi s'interpose.

– Nous avons passé une superbe soirée, et maintenant j'emmène cette adorable demoiselle retrouver ses amis. Adieu.

Il pose la main dans mon dos et me pousse vers la porte.

Ma tête part dans tous les sens et mon corps est envahi de fourmillements qui me font trembler, à cause de sa large main posée dans mon dos et de chaque bouffée de son sex-appeal qui me submerge.

Fidèle à sa parole, il me guide à travers la foule, qui nous acclame comme si nous venions de nous envoyer en l'air dans les toilettes. Cette soirée passe d'atroce à épouvantable.

Avant que nous ne rejoignions Nickie, les mains de Demi glissent sur mes hanches, son torse nu se presse contre mon dos ; la chaleur m'envahit tel un brasier. Nous nous arrêtons près d'un endroit tranquille le long du mur. Je sens son souffle sur mon cou, tandis qu'il inspire profondément.

– Est-ce que tu viens juste de me sentir ? murmuré-je.

Malgré l'envie que j'ai de l'écarter de moi, je me surprends à serrer les cuisses à cause des étincelles qui jaillissent au creux de mon ventre. La pénombre du bar, la musique qui résonne, et sa proximité me font trembler de désir, ce qui brouille mes pensées.

Ses dents sont dans mon cou, glissent sur ma chair, et sa manière de faire a quelque chose de délicieusement familier.

– Ne t'arrête pas, ne puis-je me retenir de murmurer.

Je sens son souffle puissant dans mon cou, et un gémissement s'échappe de mes lèvres alors que la pression monte en moi.

– Quel est ton vrai nom ? parviens-je à lui demander, sans savoir d'où viennent mes mots.

J'essaie de nager pour me sortir de ce brouillard qui m'empêche de penser clairement.

Il lâche un profond soupir, empli de désir et de frustration. Puis il rompt notre lien un instant et s'écarte de moi.

– On se revoit bientôt, Guendolyn.

Tout en moi se fige à l'entendre m'appeler par mon véritable prénom.

La dernière personne à m'avoir appelée comme ça, c'était…

– Luther ?

Je fais volte-face, mais il a disparu. Je ressens un vide dans mon cœur, que je pensais avoir enfoui depuis deux ans, et qui se réveille comme un trou noir géant.

CHAPITRE 2

DEIMOS

 uendolyn est aussi attirante et dangereuse que les Sept Enfers du Royaume Errant.

Après avoir suivi son énergie jusqu'à cette taverne, je l'ai pistée jusqu'à cette salle en verre, et je suis incapable de détourner mon regard d'elle.

Captivante.

Séduisante.

Pécheresse.

Il suffit que je porte les yeux sur elle pour que le monde se dissolve autour de moi.

Sa robe noire lui arrive à mi-cuisse, exhibant des jambes toniques, et le corsage est serré, peut-être un peu trop, parce qu'il lui remonte les seins et les exhibe. Magnifique, mais cet abruti assis en face d'elle qui la reluque ne m'impressionne pas. Alors quand elle s'excuse, je le fais venir à moi avec un peu de cette magie d'influence dont les dieux m'ont fait cadeau, et je le flanque à la porte. Puis je prends sa place pour parler à

Guendolyn, et découvrir ce dont elle se souvient de son passé. On m'a prévenu que les évènements auront probablement été effacés de sa mémoire.

Mais ce soir j'échoue lamentablement dans ma mission, et ne recueille aucune réponse, à cause de l'incident avec sa jupe, l'image de ses fesses dans mon esprit et mes pensées concentrées sur autre chose que rentrer à la maison avec elle. Ce n'est facile pour aucun homme. Mon beau-père, le roi de la Cour des Ombres, nous sermonnait sur le fait que jamais un homme ne devait laisser sa queue le diriger. J'étais trop jeune pour saisir le côté hypocrite de ces paroles venant de lui. Jusqu'à ce que je grandisse et découvre que je vivais dans un monde de mensonges.

J'évacue ces pensées et concentre mon attention sur la belle Guendolyn, pour tirer le meilleur parti de la situation.

Au vu de ce qu'elle est, je ne devrais pas la regarder de cette manière ni penser à ces choses que j'ai envie de lui faire, et pourtant c'est le cas.

J'ai des visions de ces jambes autour de mes hanches, de sa tête renversée, de ses gémissements alors que je la pénètre.

J'inspire fort pour me ressaisir. Depuis notre dernière rencontre, il y a deux ans, elle a changé ; sa silhouette est plus galbée, sa beauté brillante comme le soleil levant. La fille qui était venue au royaume à l'époque était plus jeune, méfiante, toujours belle, mais pas de cette manière. Pas comme cette femme que je ne peux m'empêcher d'admirer. Il y a quelque chose chez elle, au-delà de ses cheveux qui retombent parfaitement sur ses épaules nues, ses yeux qui m'hypnotisent, et ce désir que j'ai d'arracher ces vêtements de son corps.

Je ne cesse de me remémorer notre première rencontre il y a deux ans, dans le Royaume Errant... nos échanges de mots, et elle qui me résistait. Un rapide coup de dents dans son cou, et son sang avait jailli sur ma langue. À présent, Guendolyn ne se souvient pas de cette nuit, mais son goût m'est resté. Une douceur indescriptible, tel un nectar, et qui ne ressemble à aucune femelle faë que j'ai goûtée.

En sa présence, je sens une puissance sous la surface. C'est sombre et mortel.

Comme Ahren, mon frère aîné, l'a dit un jour : « *Tout le monde sait qui elle est, que son nom est Guendolyn, et ce qu'elle représente... Tout le monde, sauf elle.* » C'est pourquoi je suis ici pour la récupérer. Pour la ramener au Royaume Errant, et qu'elle nous aide à mettre un terme à la malédiction qu'elle a lancée sans le savoir il y a deux ans.

À présent, je l'observe dans l'ombre. Ma chemise la couvre suffisamment, mais je n'arrive pas à oublier les courbes crémeuses de son derrière, ni ce qui se cache sous le reste de sa robe. Ces longues jambes s'étirent de sous la chemise, et avec ses talons noirs, elle m'instille des pensées obscènes. Elle me détourne de ma concentration et de ma mission. Bon sang, elle a le package complet, et si on y ajoute ses joues rougies, mon sexe est tendu dans mon pantalon contre la fermeture éclair.

Elle a volé l'attention de mon frère cadet, mais il y a

deux ans je connaissais à peine cette fille… À présent je comprends ce que Luther veut dire en disant que son âme se brise pour elle.

Bon sang, elle est magnifique.

Tout en elle m'attire. Elle est la perfection. Et peut-être que Luther n'a pas tort d'insister pour que nous venions la chercher et nous servions de son pouvoir pour sauver notre royaume. Bien sûr, il a l'intention de la revendiquer pour lui, mais à présent… Je soupire profondément. À présent, il faut que je pense à ma mission et à rien d'autre.

Je suis ses déplacements depuis la salle de verre où elle est partie me chercher, et la voir agir me fascine. Les traits empreints de confusion, elle repart à la recherche de son amie ; elle passe devant deux hommes qui la reluquent de la tête aux pieds, la voient comme une fille qu'ils prévoiraient de se taper avant de la jeter. Elle ne devrait pas se trouver dans un endroit pareil.

Je n'aime pas ça.

J'aurais dû rester avec elle, mais mon esprit s'embrouille en sa présence : si je reste près d'elle ce soir, je finirai enfoncé jusqu'à la garde dans cette petite chose. Un frisson me parcourt à cette idée, et je gémis de la pulsation qui fait rage dans mon sexe.

Je perds ma concentration, or j'en ai besoin pour l'aider à ouvrir le portail entre nos mondes, pour que nous puissions rentrer à la maison, avant que la malédiction ne se répande dans la Cour des Ombres et ne tue tout le monde. Le truc, c'est de l'amener à déployer ses pouvoirs.

Elle ne le sait pas encore, mais je suis expert pour faire faire aux gens ce que je veux.

Ce soir, c'est d'elle que je m'occupe, ce qui veut dire m'assurer que personne ne la touche.

CHAPITRE 3
GUEN

Le temps que je me mette au lit, je suis épuisée. Nickie et son petit ami sont déjà dans sa chambre, et le martèlement sourd de leur tête de lit contre le mur forme un rythme agaçant. Je tends la main pour prendre mes écouteurs, puis les enfonce dans mes oreilles avant de choisir une playlist – n'importe laquelle – pour ne plus les entendre. Une chanson pop démarre, et je me glisse sous la couverture tandis que seul l'éclat argenté de la lune, pénétrant par l'immense baie vitrée, éclaire la chambre. Pourtant, je ne pense qu'à ces yeux verts.

Je ne devrais pas baver sur le premier bel homme qui croise mon chemin. Je ne devrais pas rêvasser de lui continuellement. Je ne devrais pas l'imaginer nu. Mais c'est pourtant ce qui se passe. Ses mots résonnent dans mes oreilles, et ma peau picote au souvenir de ses mains sur ma taille, de sa large poitrine plaquée contre mon dos.

On se voit bientôt, Guendolyn.

Qui diable est-il ? Il ne ressemble en rien à Luther ni à ses frères dans mes rêves, et pourtant il connaît mon vrai nom. Nickie a juré sur sa vie qu'elle n'avait rien à voir avec ce rendez-vous, alors je suis perdue.

Ma psy a mis deux ans à me convaincre que ces rêves n'étaient que dans ma tête. La plupart des souvenirs de ces hallucinations, comme les appelle mon médecin, se sont estompés maintenant. Ils ont disparu quand je n'ai plus entendu la voix de Luther dans ma tête… des paroles qui sont comme une rémanence que je n'arrive pas à saisir. Désormais, tout ce qu'il me reste, ce sont les souvenirs de trois princes et la nostalgie et d'un royaume extravagant.

C'est peut-être mieux ainsi… sauf qu'après cette soirée, une vieille angoisse se faufile dans mes veines.

Je me retourne dans mon lit, resserre la couverture contre moi et ferme les yeux, espérant que le sommeil m'emporte.

Pourtant, tout ce que je vois, ce sont ses yeux verts tandis qu'il s'agenouille devant moi, me fixant avec un désir absolu.

Ses mains se posent sur mes genoux et les écartent davantage.

Bien sûr, je tente de résister, mais il est trop fort pour me battre, et lorsque ses caresses glissent à l'intérieur de mes cuisses, je tremble, incapable d'émettre un son. Je suis terrifiée à l'idée qu'il découvre mon secret honteux.

Le bout de ses doigts si doux, si tendre électrise ma

peau. Il effleure délicatement la ligne de mon maillot. Rien ne l'arrête. Il se rapproche de ma chaleur, où il découvrira à quel point je suis mouillée pour lui.

J'inspire vivement, incapable de bouger, attendant que ses doigts se glissent en moi. Mais il ne le fait pas, alors même que je palpite de désir. Mes mamelons se tendent, frottent contre le tissu de ma robe.

– Je t'en prie, le supplié-je, mon corps vibrant d'excitation.

Il émet un rire qui me fait frissonner, et quand il glisse deux doigts sous l'élastique de ma culotte, je fonds sous sa caresse. Mes jambes s'écartent pour lui, qui me dévore du regard.

– Tu me désires depuis l'instant où tu m'as vu, n'est-ce pas ?

Je voudrais répondre, et j'en suis incapable, pas, alors que sa main glisse de haut en bas sur mon sexe humide, puis autour de mon clitoris. J'étouffe mes gémissements, et un orgasme me secoue comme un tremblement de terre, jusqu'au fond de moi-même. Les muscles tendus, je tressaute de plaisir. Mes yeux se ferment, et je ne pense qu'à lui.

Étendue sur mon lit, je souris comme une folle. Ramenant la couverture sur ma poitrine, je prends une profonde inspiration et compte lentement jusqu'à dix pour ralentir mon cœur en furie. Cela faisait longtemps qu'un homme ne m'avait pas fait un tel effet, et jamais aucun ne m'avait fait jouir par la seule pensée.

Et pourtant, je n'ai aucune idée de qui il est, ni même de son nom.

uther se précipite vers moi, me prend dans ses bras, des larmes sur les joues.

– Qu'est-ce que tu as fait, petite louve ? Je ne suis pas prêt à te perdre. Je viens juste de te trouver.

– Je ne comprends pas.

Je m'accroche à lui, agrippe son col, mais mes entrailles se tordent et se nouent. Des ombres envahissent ma vision. Mes bras faiblissent.

– Ne me laisse pas partir...

Je pleure, et Luther me tient serrée contre son torse. Le voir secoué est comme un couteau planté en plein cœur. Mes mains tremblent et la sensation m'envahit à toute vitesse – je commence à sombrer dans une obscurité familière.

– Je te retrouverai, me promet Luther. Je mettrai le monde à feu et à sang pour te retrouver.

Et en un battement de cœur, je suis partie.

u as des nouvelles du mystérieux beau gosse ?

En lisant le message de Nickie sur mon téléphone, je songe à l'orgasme que j'ai eu hier soir en pensant à lui, alors oui, je m'en souviens très bien. Mon récent rêve avec Luther me revient également à l'esprit. Cela fait deux ans que je n'ai pas rêvé de lui, et ce souvenir me laisse une douleur profonde dans le cœur que je suis incapable d'expliquer. Je ne me rappelle pas ce qui s'est passé avant cette partie du rêve ni après ;

rien que le mal au cœur qui pèse sur ma poitrine, comme si j'avais perdu quelque chose de si précieux pour moi que je pourrais mourir si je ne le retrouvais pas.

Je cligne des yeux pour repousser ces pensées, puis les baisse sur le message de Nickie. C'est vrai. Elle attend une réponse.

Je ne lui ai pas donné mon numéro, tu sais. Je m'apprête à glisser le téléphone dans ma poche arrière, puis me rappelle que je suis au travail et que je porte ma jupe noire fourreau qui descend aux genoux, m'empêche presque de marcher et n'offre aucune poche.

Je suis passionnée de peinture depuis toujours, j'avais besoin d'un travail à temps partiel, alors quand ma mère d'accueil m'a envoyé une offre d'emploi pour la galerie locale de Hyde Park, pas très loin de mon université, j'ai postulé et l'ai obtenu. La plupart des heures que je passe ici sont consacrées à la réception. J'avoue que répondre aux appels n'est pas une partie de plaisir, mais Johanz, le propriétaire, s'est montré gentil et il a exposé une de mes peintures dans le hall d'entrée. Je souris à chaque fois que je la regarde accrochée au-dessus du canapé de la salle d'attente.

Le paysage est rempli de buissons épineux et d'arbres brisés. On aperçoit au loin des bribes d'un royaume glorieux qui reflète les rayons dorés du soleil, et auquel on ne peut accéder que par des escaliers en pierre tortueux, et par un pont en arc qui enjambe deux montagnes.

Je me rends à la réception et m'installe dans mon

fauteuil en cuir quand un message retentit sur mon téléphone.

Ton homme Cendrillon peut encore se montrer et te surprendre. Il a une chemise à récupérer, tu te souviens ?

À l'évocation de sa chemise, je capte une légère bouffée de cette délicieuse odeur masculine et de grand air, comme s'il était juste à côté de moi. La chaleur se propage jusqu'au plus profond de mon ventre, comme la nuit dernière. Sauf que je me fais des illusions si je me laisse aller à désirer cet inconnu, et je décide de mettre sa chemise à laver ce soir, pour débarrasser ma chambre de cette odeur.

Je réponds à Nickie : *Si seulement les contes de fées étaient réels.*

La porte du bureau à ma droite s'ouvre avec un bruissement.

La panique me pousse à l'action, et je jette mon téléphone sous des lettres non ouvertes sur le bureau. Je relève la tête en souriant et vois Johanz apparaître. C'est un grand homme qui porte un costume Armani bleu marine à rayures comme une seconde peau. Il est bel homme, bien trop mince à mon goût, dont les cheveux noirs gominés en arrière avec une touche de bleu qui brille au soleil. Même s'il est riche, il n'a pas grandi dans le luxe. Il m'a confié une fois venir d'une famille pauvre, ce qui explique, à mon avis, son humilité.

— Guen, je m'absente quelques heures. Tu vas te débrouiller toute seule, hein ? Il n'y a pas de visites aujourd'hui.

Il sourit, montrant de superbes dents blanches nacrées, et des rides bronzées encadrent sa bouche.

– Bien sûr, M. Landstone. Je gère la situation.

Il acquiesce, passe la porte vitrée et rejoint une Mercedes noire garée juste devant. Un jour, ce sera moi… Posséder une galerie, vendre mes propres chefs-d'œuvre, et conduire la voiture la plus tape-à-l'œil du quartier.

Je cherche mon téléphone, quand la porte s'ouvre brusquement avec un tintement.

– Vous avez oublié quelque chose ? demandé-je en levant la tête.

Sauf que ce n'est pas mon patron, mais un homme vêtu d'un jean, de baskets et d'un t-shirt à manches longues. Ce n'est pas la clientèle habituelle, puisque la pièce la moins chère en vente ici est à un peu plus de mille dollars.

L'homme aux cheveux bruns et au grand nez crochu referme la porte, puis passe devant la réception et traverse le passage voûté pour entrer dans la galerie sans me jeter un regard. Nous sommes ouverts au public, bien sûr, mais en toute honnêteté, ceux qui nous rendent visite ont généralement un compte en banque bien garni. Il n'est pas rare que les passants entrent par hasard, mais la plupart du temps, ils repartent très vite après avoir vu les étiquettes de prix. Le gardien qui se tient normalement sur une petite estrade à l'intérieur de la galerie est en train de déjeuner, et je ne réalise que maintenant que j'aurais dû verrouiller la porte jusqu'à son retour, de sorte de ne pas être seule.

Mais je suis certaine que ce n'est qu'un autre badaud sur le point de sortir.

– Bonjour, comment allez-vous ?

Je gagne la salle d'exposition principale et retrouve l'homme aux cheveux courts décoiffés qui contemple une peinture représentant un train traversant à toute vitesse un vieux village un jour de pluie.

– C'est une œuvre d'Ellaine Gray. C'est une artiste locale, elle vit ici. (J'ai toujours aimé l'aspect brut de cette pièce.) Vous voyez comment la juxtaposition du train industriel et des masures en bois de la petite ville reflète la progression de la civilisation et fait abstraction du passé ? Enfin, pour moi. Chacun voit des choses différentes dans les tableaux.

C'est pour cela que je les aime tant.

Puisqu'il ne dit rien, mais continue à le fixer, je me dis que j'avais tort à son sujet et que c'est peut-être un acheteur. J'essaie de me défaire de ce sentiment étrange qu'il dégage et de le traiter comme n'importe quel autre client.

– Qu'est-ce que vous aimez dans cette peinture ?

– Vous connaissez cet endroit ?

Il désigne l'image et je secoue la tête, bien qu'il ne regarde pas dans ma direction.

– Malheureusement non, mais l'artiste viendra à la galerie la semaine prochaine, je pourrai lui poser la question.

Il hoche la tête et promène son regard sur les autres pièces. Il y a en lui une inquiétante étrangeté que je n'arrive pas à cerner.

Derrière moi, la porte s'ouvre et un deuxième homme au cou épais, à la peau bronzée et aux cheveux blonds et courts entre. On dirait un bodybuilder. Il porte également une tenue décontractée.

– Bonjour, lui dis-je, comme à tous ceux qui arrivent à la galerie.

Il me salue de la tête et se dirige vers l'autre homme. Il se penche vers lui et échange des chuchotements enflammés, puis tous deux se tournent vers moi.

Les poils de ma nuque se hérissent et je sens la nausée monter. Je suis seule dans la galerie, et l'inquiétude me pousse à jeter un coup d'œil dehors pour voir si Ted, notre garde, est revenu. Je devrais l'appeler, le faire revenir. Je déglutis, et mes pieds glissent à reculons vers mon bureau. Mon téléphone et mon sac sont là, et j'ai une bombe lacrymogène dans la poche intérieure.

– Hum, excusez-moi, m'dame, demande l'un des hommes, la voix rauque, comme s'il avait fumé toute sa vie. (Sauf que la puanteur qui accompagne habituellement les fumeurs ne persiste pas dans l'air depuis son arrivée.) Avez-vous des peintures avec des dragons ?

Sa question m'arrête net, et je me tourne vers lui. Il paraît sincèrement curieux. Je ne sais pas trop quoi lui répondre au début, car le panneau sur la façade indique clairement qu'il s'agit d'art contemporain.

– Malheureusement non, mais il y a une galerie à quelques pâtés de maisons spécialisée dans le fantastique, donc ils auront peut-être quelque chose pour vous.

– Et celle-là ?

Son ami indique la réception, et je me retourne pour voir qu'il fait allusion à mon tableau.

– Oh, il n'y a pas de dragons dans cette peinture.

Les deux hommes s'approchent de mon tableau, le blond est si près de moi que son bras frôle le mien.

Je recule pour éviter son contact indésirable, mais il continue à marcher vers le tableau comme s'il s'en fichait de me bousculer. Le toupet de ce con !

Je frotte mon bras à l'endroit où il m'a touché. La peau est glacée sous mes doigts. Ce n'est rien, j'en suis sûre. Je frotte mon bras pour le réchauffer.

Tous deux se tiennent à présent devant mon travail, le regardant fixement, et je mentirais si je n'admettais pas ressentir un moment de fierté d'avoir quelqu'un qui prête attention à ma création, pour changer. Même si ces deux hommes me mettent mal à l'aise. Je me rapproche de ma peinture tout en maintenant une bonne distance entre nous.

Les narines de Blondie s'évasent devant l'image, et une légère contraction me serre la poitrine à l'idée qu'il puisse se moquer de mon œuvre et me voler ma joie antérieure.

– Je vous conseille de vous rendre à l'autre galerie pour ce que vous recherchez.

Mes mots sont plus durs que prévu, mais je n'en ai cure et je me dirige vers mon bureau. Des pas me suivent. J'ai des frissons derrière les jambes, et j'accélère le mouvement.

– C'est votre peinture, n'est-ce pas ? demande l'un d'eux, et je suis trop affolée pour discerner qui parle.

Je me retourne pour leur faire face et constate qu'ils se tiennent tous deux à moins d'un mètre de moi, me surplombant. Ils paraissent plus grands qu'ils ne l'étaient quelques instants plus tôt. Quelque chose brille dans leurs yeux sombres, d'un rouge presque ardent.

Je trébuche en arrière, ma main cherchant un objet sur la table qui pourrait servir d'arme. Stylo. Agrafeuse. Où diable est mon sac ? Toutes mes pensées rationnelles disparaissent, et j'ai du mal à décoller mes pieds du sol. Mon cœur bat la chamade quand Blondie s'avance.

– Vous devez partir, exigé-je.

Mes doigts effleurent le coupe-papier en métal sur mon bureau que j'empoigne fermement. Il est assez aiguisé pour fendre la chair et faire de vrais dégâts s'ils s'approchent davantage.

Ils ne sont ni surpris ni choqués. Blondie lève les yeux au ciel, puis consulte sa montre, comme s'il avait un autre rendez-vous avec quelqu'un d'autre à faire flipper.

– C'est le moment ? demande le brun au nez crochu.

Les lèvres de son ami se tordent d'incertitude.

– Ça devrait déjà être arrivé. Je l'ai touchée, donc ça aurait dû déclencher le portail.

Je saisis mon téléphone sous les enveloppes du bureau et compose le 911.

– J'appuie sur le bouton et les flics seront là en un clin d'œil. Compris ? Maintenant, foutez le camp de la galerie !

Je n'ai aucune idée de ce dont ils parlent, mais ils me foutent la trouille.

Un lourd silence épaissit l'air entre nous, et je frémis.

La porte d'entrée s'ouvre, et je suis sur le point de pleurer de bonheur en voyant entrer Ted, notre garde, tout en épaules massives et l'air furieux. Il porte son uniforme noir et c'est la meilleure vue du monde. Ses yeux croisent les miens, et j'essaie de lui adresser mon meilleur regard paniqué avant de le reporter sur les deux hommes près de mon bureau.

– Puis-je vous aider tous les deux ? grogne-t-il en s'approchant, plutôt intimidant vu sa taille.

Les deux abrutis reculent, Blondie prenant la tête.

– Pas du tout. On allait juste partir.

– Voilà une bonne idée ! gronde-t-il.

Ils sortent tranquillement de la galerie, comme si Ted ne ressemblait pas à un ours sur le point de les étriper. Ces salauds n'ont pas peur de lui, et ce constat me prend aux tripes.

– Ça va, Guen ? me demande-t-il d'une voix douce.

Je hoche la tête avant qu'il ne termine sa phrase.

– J'ai juste paniqué.

– Je vais vérifier l'entrée et la ruelle à l'arrière. Reste ici.

Il s'engouffre dans la galerie pour atteindre la porte du fond.

Je suis figée par le choc, mon cerveau hurle. Je cours vers la porte, la ferme en claquant et la verrouille d'une main tremblante en attendant que Ted revienne. En reculant, je scrute le trottoir à travers les vitrines, m'attendant à ce qu'ils reviennent. J'ai l'impression que les murs blancs de la galerie se referment sur moi et m'étouffent. Je me mords la lèvre inférieure et ressens une douleur aiguë. Elle me dit que ça vient d'arriver. Que c'est bien réel.

Je veux juste rentrer chez moi et me cacher dans ma chambre. Je commence à chercher mon sac à main près du bureau et découvre qu'il est tombé derrière la chaise.

Des coups frappés sur la vitre derrière moi me font sursauter si fort que je pousse un petit cri. J'attrape mon spray au poivre et me retourne, prête à asperger le visage de la personne si elle s'introduit dans la galerie.

CHAPITRE 4

Johanz fronce les sourcils en me regardant par la vitrine de la galerie, et il me faut quelques instants pour décoller mes pieds de derrière le bureau de la réception. Avec un soupir de soulagement, je me précipite vers la porte. Je débloque le verrou d'une main encore tremblante pour laisser entrer mon patron.

– Je suis vraiment navrée d'avoir verrouillé la porte. Ces hommes étranges sont entrés et… Vous avez oublié quelque chose ?

Je respire par à-coups, mon esprit bouillonnant de détails sur l'incident.

– Respire, Guen, dit-il d'un ton chargé d'inquiétude, son regard balayant la galerie derrière moi. Ils t'ont fait du mal ?

Il me frotte le dos, et ses yeux reflètent la même préoccupation sincère que ma mère d'accueil avait chaque fois qu'elle m'emmenait voir le psy. Elle ne m'a jamais laissée tomber quand tout semblait être contre moi. Pas même lorsque le médecin a suggéré que je pouvais souffrir de schizophrénie.

– Je t'apporte de l'eau, insiste mon patron. Heureusement que je suis revenu. J'ai juste oublié mon portefeuille.

– Ces types se tenaient très près de moi et disaient des trucs bizarres.

À cet instant, la raison pour laquelle j'ai paniqué me paraît stupide. Mais c'est ce sentiment étrange qui me donne la chair de poule.

– Tu as bien fait de verrouiller la porte.

Je m'assieds à mon bureau avec l'impression que j'aurais pu mieux faire. Mon patron traverse rapidement la pièce pour aller chercher une bouteille d'eau dans son bureau. Après avoir bu plusieurs gorgées de cette eau fraîche, je me sens un peu plus calme.

Ted revient de l'arrière-salle, les joues rouges comme s'il avait couru. Je regarde ses mains, m'attendant à moitié à y voir du sang provenant d'une bagarre, mais il n'a rien, il est seulement essoufflé.

– Ils ne sont nulle part.

– Viens, me dit mon patron. Je vais te raccompagner chez toi, et tu me raconteras ce qui s'est passé. Ensuite, tu prendras des congés, d'accord ?

Je secoue la tête, l'estomac soudain serré à l'idée qu'il pourrait considérer que je ne suis pas en mesure de continuer à m'occuper de la réception de la galerie.

– Je vais bien, vraiment.

Je relève la tête et m'éclaircis la gorge, pour ne pas qu'il pense que je vais paniquer devant tout homme bizarre qui entre dans la galerie. J'aime ce travail, et il paie bien.

– J'ai besoin du…

Il lève le menton et me coupe la parole, assez insistant pour arriver à ses fins :

– Je ne considérerai pas un non comme une réponse, et tu seras payée normalement pendant ces jours de congé, je te le promets.

J'acquiesce et suis déjà en train d'attraper mon sac et mon téléphone, peinant en mon for intérieur à accepter que ce n'est rien qu'un peu de temps libre.

– Merci.

– Je suis désolé de t'avoir laissée seule. J'aurais dû vérifier que Ted était là. C'est ma faute.

J'ai la gorge serrée par l'inquiétude sincère de sa voix.

– Ce n'est pas de votre faute s'il y a des salauds dans ce monde.

Il se détourne sans avoir l'air de m'avoir entendue, et se dirige vers la porte. J'attrape mon manteau sur le dossier de mon fauteuil et lui cours après, bravant le froid.

– *M*erde, Guen, il faudrait que tu gardes une batte de baseball sous ton bureau, dit Nickie en arrangeant ses boucles rousses dans le miroir de ma salle de bains. Mais le bon côté des choses, c'est que tu as des congés payés.

– Ouais, c'est ce qui me tracasse. La galerie organise

une grande exposition ce week-end. Je pourrais appeler Johanz dans deux jours pour lui dire que je vais bien. (J'appuie une épaule contre le chambranle de la porte de ma salle de bains, et mon regard glisse sur mon amie qui s'applique du rouge à lèvres rubis.) Tu crois que j'ai réagi de manière excessive devant mon patron ?

Elle porte une robe moulante argent métallisée qui étincelle dès qu'une lumière éclaire le tissu. Elle épouse ses formes du buste aux fesses, et tout le reste n'est que chair. Sur elle, cette robe la fait ressembler à une déesse. Sur moi, ce serait embarrassant.

Elle se retourne pour me faire face avec de grands yeux.

– Pourquoi tu dis ça ? Ces deux crétins t'ont vue seule et ont pensé que c'était l'occasion. Bande d'enfoirés. Ne t'excuse pas pour ta réaction. Ton patron aurait dû veiller à ce que le garde soit là.

Elle pose son rouge à lèvres sur la tablette, s'avance vers moi et me serre dans ses bras à m'étouffer. Malgré sa force, son étreinte est chaude, et elle sent comme une prairie en fleurs. Un peu envahissant, mais doux. J'aime bien.

– Je suis toujours là pour toi, bébé.

– Merci. Ça me touche beaucoup. (Quand l'air vient à manquer dans mes poumons, je me dégage en me tortillant de sa prise d'anaconda.) Peut-être que je devrais rester à la maison ce soir ? Et si ces crétins se pointent ?

– Bébé, je parie que ce n'étaient que des abrutis qui passaient dans la rue, qui t'ont vue seule dans la galerie et se sont dit que tu pourrais être un coup facile. Ne les laisse pas entrer dans ta tête. Mais si tu ne le sens vraiment pas, on peut rester ici pour fêter mon anniversaire.

Elle sourit largement, et je sais qu'elle est sincère. Sauf que ça fait six mois qu'elle parle d'aller dans ce club pour son vingt-et-unième anniversaire. Or dans l'état actuel des choses, il m'est impossible d'entrer dans cet endroit.

Elle a peut-être raison. Je ne devrais pas laisser ces cons entrer dans ma tête.

– Nan, sortons. Un peu de fun m'aidera à oublier cette journée de merde.

– Oui ! (Elle sautille sur place, puis m'étudie de haut en bas en pinçant les lèvres.) Alors tu portes ça ce soir ?

Je me raidis et jette un coup d'œil à mon jean bleu skinny que j'ai mis un bon quart d'heure à enfiler, alors il est hors de question de le retirer. J'ai aussi mis des rangers noires et une chemise noire transparente avec un soutien-gorge de même couleur en dessous.

– J'opte pour le look décontracté, style « j'en ai rien à faire, mais tu ne peux pas détourner les yeux ».

Elle fait ce ronronnement qu'elle fait toujours quand elle n'est pas d'accord.

– Il te faudrait des pinces de désincarcération pour m'extraire de ce jean, donc il reste, avertis-je.

– Mets au moins des talons. Je vais te chercher les miens.

– Non, c'est…

Je tends la main pour l'en empêcher, mais elle sort de la salle de bains trop vite. Pas moyen de l'arrêter. Je m'approche du miroir et passe mon doigt sous mes yeux, à l'endroit où mon maquillage a légèrement coulé. La femme qui me regarde semble tellement plus confiante que ce que je ressens intérieurement. Les cheveux blonds qui retombent en cascade sur mes épaules brillent des paillettes dont je les ai vaporisés, et les mêmes couleurs irisées couvrent mes paupières. Des traits de khôl soulignent mes yeux, qui semblent particulièrement bleus ce soir. Pourtant, en dessous, un malaise bouillonne dans ma poitrine. J'ai la tête dans le brouillard, comme si je ne vivais qu'à moitié dans ce monde. Ce sentiment d'oublier quelque chose ne me quitte jamais… depuis aussi longtemps que je me souvienne.

– Voilà pour toi.

Nickie revient et dépose à mes pieds une paire de talons noirs brillants.

– Il fallait absolument que tu prennes les plus hauts, n'est-ce pas ?

Elle sourit avec une lueur diabolique dans ses yeux fauves, et je vois bien qu'elle adore ça. Depuis que nous avons emménagé ensemble il y a deux ans, elle cherche à m'habiller avec ses vêtements.

– Tu es tellement sexy avec des talons, ma fille. Enfile-les et allons-y, ordonne-t-elle en riant.

Le temps que je chausse les talons aiguilles à bouts ouverts avec une bride autour des chevilles, nous nous précipitons dehors où un Uber nous attend.

La ville défile, toute en voitures et lumières vives. Après avoir montré les entrées que Nickie a achetées il y a des mois, nous nous retrouvons dans le club en un rien de temps.

Des lumières stroboscopiques parcourent la pièce,

les gens se rassemblent sur la piste de danse circulaire, et le plancher bat sous mes chaussures au rythme de la musique tonitruante. Tout l'endroit est un battement de cœur qui sort des haut-parleurs.

— Cet endroit est dément ! crié-je à Nickie, pour qu'elle m'entende par-dessus le bruit.

— Et ça ne fait que commencer. Attends de voir sortir les danseurs dans les cages.

Elle m'attrape le poignet avec un rire excité et nous nous frayons un passage vers le bar, où elle me lâche. Je suis happée par l'énorme piédestal au milieu de la piste de danse, sur lequel des gens dansent à la vue de tout le monde. Une forte acclamation éclate autour de nous, et je lève la tête vers les quatre grandes cages à oiseaux qui descendent du plafond. Elles s'arrêtent à mi-chemin et dans chacune d'elles se trouve une femme en bikini rose vif scintillant, qui fait de la pole dance autour des barreaux.

Les gens nous bousculent pour rejoindre la foule. Je n'ai jamais vu un endroit aussi fou. J'aime comme mon pouls danse dans mes veines. Tout dans ce club est fait pour vous revigorer dès votre entrée.

Nickie me glisse un verre d'une boisson verte dans la main, et ça sent le Midori.

— Le service a été rapide, remarqué-je avant de le boire facilement, tellement c'est doux.

Exactement ce dont j'ai besoin pour oublier la journée et passer une folle soirée.

— Un gars au bar nous les a offerts. C'est généreux, non ?

Elle sirote le sien en observant la foule. Je cligne des yeux.

– Attends, tu as accepté un verre d'un étranger ? Il aurait pu le trafiquer.

Oh la vache, je viens de boire le mien comme si c'était de l'eau sucrée. Si je me fais vomir, est-ce que ça va éliminer la drogue de mon organisme ?

Ma poitrine se serre et je tourne la tête vers le bar. Une foule de gens se serrent contre le comptoir.

– Où est-il ? lui demandé-je.

– C'est bon, bébé, me rassure-t-elle en calant son bras contre le mien. C'est le barman qui me l'a donné directement, et le type a simplement payé. Il a insisté pour nous l'offrir à nous deux. C'était un monstre sexy.

– Vraiment ? Un monstre sexy, tu dis ?

Je jette un coup d'œil autour de moi.

Alors que nous finissons nos boissons, un grand type d'une vingtaine d'années aux cheveux courts couleur sable et à la peau hâlée s'approche de Nickie. Il porte une chemise bleu brillant et un pantalon noir, les cheveux séparés par une raie au milieu. Pas beau selon mes critères. Bien qu'ils soient tout près, je ne comprends pas ce qu'ils disent à cause du bruit qui règne ici. C'est lui le monstre sexy ? Bien trop maigre à mon goût.

Puis Nickie agrippe mon bras et m'entraîne vers la piste de danse. En me précipitant, je trébuche sur mes talons, convaincue que je viens de massacrer une demi-douzaine d'orteils en chemin. Je dépose prestement mon gobelet en plastique vide et celui de Nickie sur une table au passage.

Les corps se balancent autour de nous. Être entourée de tant de gens qui dansent est une expérience électrisante, et j'en apprécie chaque instant. Je ne sais comment, nous nous retrouvons au milieu, près du piédestal. Je ne saurais dire depuis combien de temps nous dansons quand quelqu'un attire mon regard à travers la foule. Des cheveux noirs familiers et un nez crochu. À côté de lui se trouve Blondie, l'autre harceleur de la galerie.

Je perds mon souffle, j'ai soudain l'impression de me noyer.

Mes pieds glissent à reculons. Non, ça ne peut pas arriver. Ça ne peut pas être eux.

Je suis prise de panique.

Cours.

Je ne pense à rien d'autre.

Nickie. Je la retrouve dans la foule à ma droite.

– Nickie ! l'appelé-je par-dessus la musique, mais on n'entend rien ici.

Je me fraie un chemin à travers la cohue pour l'atteindre, quand une nouvelle chanson démarre et que la foule entière se déchaîne. Des cris et des bousculades alors que de nouveaux danseurs entrent sur la piste.

Poussée et secouée, je trébuche et perds Nickie de vue. Les harceleurs ont disparu aussi.

Je me précipite vers l'endroit où Nickie se trouvait quelques instants plus tôt, tout en essayant de sortir mon téléphone de ma poche arrière. Me heurter aux autres ne m'arrête pas.

– Regarde devant toi, pétasse, grogne quelqu'un, tandis qu'un autre me pousse dans le dos.

Mon cœur tambourine contre ma poitrine tant j'ai besoin de m'échapper.

Le téléphone tremble dans ma main alors que je tape frénétiquement le numéro de Nickie. Le collant à mon oreille, je m'écarte de la foule et jette un œil autour de moi, mais je ne vois pas les harceleurs.

La peur me comprime terriblement la poitrine. Je n'ai qu'une envie, c'est de crier à l'aide, mais je parviens à peine à entendre mes propres pensées.

– Allô, répond Nickie, sa voix à peine audible.

– Où es-tu, bon sang ?

Je scrute la foule en criant pour qu'elle m'entende.

– Si je n'ai pas répondu, c'est que je suis sortie m'amuser. Laissez un message.

– Merde, marmonné-je.

Je coupe et range mon portable dans ma poche arrière.

Au bord de la piste se tient un gars mastoc en t-shirt noir. Instinctivement, je me dirige vers lui.

– Excusez-moi, vous êtes le videur ici ? lui demandé-je, mais il ne semble pas m'entendre et passe devant moi.

Impoli ?

Je recule et m'éloigne de lui.

Il y a des gens partout, et mon cœur bat la chamade. Je ne sais pas où regarder. Tout le monde applaudit la musique à tout rompre. Je ne connais pas la chanson, je m'en fiche. Les gens se bousculent devant moi, et je voudrais me cacher quelque part. J'ai le cœur au bord des lèvres. J'aurais dû rester chez moi, suivre mon instinct.

Quelqu'un me saisit le bras et je me retourne, la peur au ventre.

Le sourire en coin de Blondie m'accueille. Il dit quelque chose que je n'entends pas.

Sans réfléchir, je me défends, lui donne des coups de pied, essaie d'arracher mon bras de sa prise, mais en vain, et il ne fait que me rire au nez. D'un geste rapide, il me tire, me faisant trébucher, vers un coin sombre à l'arrière du club.

– À l'aide ! crié-je d'une voix étranglée en me cramponnant aux gens. Je les attrape par la chemise, le bras, le sac, n'importe quoi, mais ils me repoussent tous, sans même remarquer que quelqu'un me kidnappe sous leurs yeux.

L'effroi m'étouffe quand le second fait son apparition. Cheveux noirs. Nez crochu.

– Laissez-moi tranquille ! crié-je, mais il y a trop de bruit ici.

Ils me reluquent et je me sens agressée avant même qu'ils ne me fassent du mal. Les ténèbres pulsent à travers mon corps, me privant de tout espoir. Blondie m'attrape par les bras et me plaque dos contre un mur, que mon crâne heurte violemment. Des étoiles explosent derrière mes yeux, la souffrance me traverse la tête.

Mon sang se glace quand il se pousse contre moi, son visage contre le mien, et je ne sens plus qu'une odeur de pourriture. Un frisson me parcourt l'échine.

Je ne connais pas ces hommes, mais je les méprise. Je déteste la terreur qui palpite dans ma poitrine. Je déteste être pétrifiée à chaque fois que je respire. Je veux qu'ils hurlent de douleur.

Je regarde fixement le visage de mon cauchemar et je lutte contre lui, le frappe et lui crie dessus. Il bouge si vite que je ne vois pas sa main arriver pour me saisir par le cou et me soulever du sol. Je me retrouve sur la pointe des pieds, clouée au mur.

Les bruits autour de moi semblent s'estomper, la boîte de nuit disparaître au loin.

– Ton destin est la mort, Guendolyn, grogne-t-il.

Je ne vois que de grands yeux bruns et des sourcils touffus.

J'ignore comment il connaît mon vrai nom, mais je déteste comme il sonne sur ses lèvres. Je déteste la façon dont il me regarde comme si je n'étais qu'un déchet.

Ses doigts serrent plus fort et je suffoque, mes poumons s'étranglent pour trouver de l'air. Mon cœur s'emballe dans ma poitrine, de plus en plus vite, jusqu'à ce que les ténèbres palpitent aux coins de mes yeux.

Soudain, il vole en arrière, loin de moi.

Mes genoux se dérobent, et je tombe sur le sol tandis que l'air se précipite en moi. Je respire à travers mes poumons affamés, faisant de mon mieux pour voir à travers les larmes et la pénombre du club.

Une grande silhouette émerge de l'ombre et s'approche de moi. Mais je suis déjà trop loin.

L'obscurité s'abat sur moi et m'arrache à la terreur.

CHAPITRE 5
GUEN

J'ouvre les yeux sur un plafond blanc et un lustre rond, ruisselant de cristaux. Cet endroit ne me dit rien. Ce n'est ni le club ni mon appartement, et une pointe de peur m'envahit tandis j'essaie de me rappeler comment je suis arrivée ici.

Bzz... bzz... bzz... Ma poche vibre.

Je me lève du canapé en cuir noir et récupère mon téléphone dans ma poche arrière. Le brouillard obscurcit mon esprit. J'attends que les rouages de mon cerveau se remettent en marche. Pour que je me rappelle où je suis. Il y a eu de nombreuses fois où je me suis réveillée sans me souvenir de ma propre chambre, comme si je n'y étais pas à ma place, comme si ce n'était pas chez moi. Avant, cela me terrifiait de me sentir si perdue, d'avoir l'impression que ma vie était un labyrinthe dont je ne pouvais m'échapper. Je me demandais si un jour je me réveillerais sans pouvoir me rappeler qui j'étais. Je repousse ces pensées, me concentrant sur le présent, sur les pensées qui vont de l'avant.

Une luxueuse pièce ouverte m'entoure. Des murs blancs, des tableaux représentant de beaux paysages et des femmes dans des cadres dorés. Une cheminée éteinte se trouve en face de moi, et à ma droite, une grande salle à manger avec une énorme télévision sur le mur. Un couloir mène à d'autres pièces. Je tourne la tête et découvre des baies vitrées derrière moi. Je me lève et contemple dehors les lumières vives de la nuit.

Je déglutis avec peine et me retourne vivement. On m'a amenée à l'hôtel. L'incident du club devient clair comme de l'eau de roche. Je m'adosse à la fenêtre, tente de reprendre mon souffle.

Les pensées se bousculent dans mon esprit paniqué, mais je ne veux pas être l'une de ces femmes qui s'effondrent en hurlant. Je dois réfléchir à tout cela et avant tout sortir d'ici. Je traverse la pièce en direction de la porte.

Il y a tellement de choses qui n'ont aucun sens, comme la raison pour laquelle je suis dans un hôtel aussi luxueux. Si ces harceleurs m'ont enlevée, pourquoi ici et pas dans un sous-sol miteux ? On m'aura vue transportée ici, inconsciente. Ou bien ce n'est pas eux qui m'ont amené ici ?

Mon téléphone sonne à nouveau, et je baisse les yeux pour voir qui s'affiche sur l'écran. *Nickie.* Je réponds.

– Putain de merde, où es-tu ? Ça fait des heures que je t'appelle ! Tu m'as fait flipper. Où es-tu ?

Sa panique est contagieuse, et j'accélère le pas vers la porte.

– Je-je n'en sais rien.

La terreur me gagne, une terreur intense, fracassante, qui me dit que j'ai été kidnappée. Quelle autre explication y a-t-il ?

– Je suis dans une chambre d'hôtel, peut-être le dernier étage, quelque part au centre-ville.

– Putain, pourquoi tu ne m'as pas dit que tu partais ? On avait un pacte !

– Nickie, j'ai été enlevée. Appelle les flics.

– Enfoirés. Va-t'en. Sors de là. Non, attends. D'abord, dis-moi où tu es.

Je suis affolée, mon regard balaie de gauche à droite, et je repère un téléphone près d'un bloc-notes de l'hôtel. Je m'élance vers lui juste au moment où la porte d'entrée s'ouvre avec un déclic.

Mon cœur se fige dans ma poitrine, et j'essaie de changer de direction pour me cacher. Mais je suis trop lente, et déjà un homme entre à grands pas.

Je me retourne pour m'enfuir, mais quand j'aperçois son visage, je suis totalement choquée. Mes pieds s'emmêlent dans le tapis blanc luxueux, et je tombe sans pouvoir me retenir.

Boum. Je le heurte de la hanche et me remets aussitôt debout en m'écriant :

– Demi ?

Il me regarde, confus, puis se souvient de son prénom inventé. Tête de nœud.

– Bon sang, qu'est-ce qui se passe ? aboyé-je.

Il promène sur moi un regard appréciateur, puis il affiche un sourire narquois.

– Guen, qu'est-ce qui se passe ? hurle Nickie dans le téléphone que je tiens à la main.

Demi ferme la porte et reste là, immense et sexy en diable, vêtu d'un jean noir et d'un t-shirt assorti. Il porte un sac en plastique garni de trois grandes bouteilles de cola. Les tueurs en série portent du noir, d'accord, mais le soda, c'est quoi ? Il pose le sac en passant devant la cheminée.

Je suis prise de sueurs froides et je me sens voler en éclats à l'idée que cet homme me surveille depuis Dieu sait combien de temps. Et que maintenant je suis à sa merci. Les tueurs en série font ça. Ils suivent leur proie, accrochent des photos de leur victime sur un mur jusqu'à ce qu'ils passent à l'action. Et son plan doit inclure un penthouse pour une raison que j'ignore.

– Je ne vais pas te faire de mal, Guendolyn. Je suis là pour te protéger. (Il s'approche.) Donne-moi ton téléphone.

– M-M'aider ? bégayé-je.

Ma respiration se bloque dans mes poumons. Je cours vers la porte, saisis la poignée et la secoue, mais elle refuse de s'ouvrir.

– Fermée à clé, dit-il.

Le souffle court, je repère le bloc-notes portant le nom de l'hôtel. J'ai toujours mon téléphone à l'oreille.

Une ombre s'abat sur moi.

Il m'arrache l'appareil des mains.

Je m'élance vers lui, mais il le jette par terre et l'écrase avec son talon.

Je crie et le frappe au bras.

– Pourquoi as-tu fait ça ? Je n'ai pas fini de le payer !

Il s'éloigne nonchalamment et ramasse son sac de soda pour le déposer sur la table. Je tombe à genoux.

La vitre de mon téléphone est complètement brisée, son talon l'ayant totalement écrasé. Il n'y a rien de récupérable. Quand j'appuie sur le bouton d'allumage, rien ne se passe. *Ordure.*

– Va te faire voir ! Tu vas me le remplacer, grondé-je, même si, intérieurement, je tremble.

S'il ne me voulait aucun mal, pourquoi m'enfermer ici et briser mon téléphone ?

Il est à la table, en train d'ouvrir une des bouteilles de soda. Il entreprend alors d'en descendre la plus grande partie d'un seul coup. Ça fait partie de ma torture ? Me forcer à l'écouter roter sans fin ?

Comme prévu, il lâche un rot aussi puissant que le rugissement de Godzilla.

– C'est dégoûtant, et pourquoi tu ingurgites cette merde ? lui hurlé-je.

– Nous n'avons pas d'eau aussi sucrée et pétillante chez nous.

Il attrape la deuxième bouteille.

– Ce truc va te tuer, remarqué-je.

Il se fige, la bouteille au bord des lèvres, puis la baisse.

– C'est du poison ?

– D'une certaine manière. Si tu en bois beaucoup.

Il paraît sincèrement confus et cligne des yeux en étudiant la bouteille.

– Alors pourquoi vous en buvez, vous les gens ?

Il la repose et s'essuie la bouche du dos de sa main.

Je lève un sourcil en me relevant.

— *Nous les gens ?* Peu importe ! Laisse-moi sortir d'ici avant que je crie pour que tout l'hôtel m'entende.

– Ça n'arrivera pas, alors mets-toi à l'aise. J'ai beaucoup de choses à te dire.

Il attrape le menu de l'hôtel et me le lance. Il me touche à l'estomac et retombe au sol.

– Commande-nous un festin. Je suis affamé.

Pendant un instant, je me dis qu'il va se planter au-dessus de moi pour s'assurer que je lui commande à manger, mais il se dirige vers la cheminée. Même si je suis tentée de lui jeter le menu à la figure, je joue le jeu.

– Bien sûr, abruti.

Il esquisse un sourire en me regardant par-dessus son épaule. Ses dents sont parfaites. Tout en lui est parfait. Et s'il peut se permettre un penthouse, pourquoi me kidnapper ? En me parlant gentiment, je l'aurais probablement suivi ici de mon propre chef. Quelque chose cloche dans toute cette histoire. Je ne peux m'empêcher de penser que c'est un canular.

Je prends le téléphone posé sur la petite table près de la fenêtre et appuie sur le bouton de la réception.

– Bonjour, en quoi puis-je vous aider ? me demande une femme.

– Appelez la police. J'ai été kidnappée. Il m'a enfermée dans le penthouse.

Mes paroles sont précipitées, et je jette un coup d'œil à l'abruti qui allume la cheminée en gloussant dans sa barbe.

– Madame, je vous assure que vous êtes en de bonnes mains. M. Lorcayn est très apprécié ici, et il nous a informés que vous pourriez nous appeler. Guendolyn, si je peux me permettre de vous appeler ainsi, vous êtes une femme chanceuse. Je vais faire monter du champagne et des fraises pour votre lune de miel.

– Non, attendez… Quoi ?

Elle raccroche, et je serre les dents.

Je raccroche brutalement le téléphone. Les questions fusent dans mon esprit. Écoutant ma conscience, je décroche le combiné et compose le 911.

La ligne téléphonique est coupée en un clin d'œil. Je lève les yeux et vois cet enfoiré debout à l'autre bout du canapé, le fil coupé dans une main et *une lame* dans l'autre.

La peur déploie ses ailes vicieuses, et ce que j'ai mangé plus tôt dans la journée fait des bonds dans mon estomac. Sauf que je ne veux pas être une victime ni lui montrer ma peur. Je ravale l'anxiété qui me ronge et je relève le menton.

– Alors, est-ce que Lorcayn est vraiment ton nom de famille, ou est-ce un autre mensonge ?

Il ne répond pas tout de suite, mais j'entends une forte inspiration.

– J'aurais préféré que tu nous commandes à manger.

Il range sa lame dans sa botte et s'affale dans un fauteuil.

– Je ne veux pas manger. Qui es-tu ? Est-ce que tu me suis ? Comment toi et ces sinistres crétins du club connaissez-vous mon vrai nom ? Et pourquoi je suis ici ?

Une demi-douzaine d'autres questions affleurent à mon esprit, mais vu la façon amusée dont il me regarde, j'aurai de la chance s'il répond à une seule.

Ma vie a été assez pourrie comme ça. J'ai grandi avec des hallucinations et des rêves qui semblaient réels, avec la voix d'un prince dans mon esprit, et maintenant ça. Je suis déjà brisée. Après cette connerie, j'aurai besoin d'une thérapie à vie.

Faisant mine d'être courageuse, je croise les bras sur ma poitrine et appuie ma hanche contre le côté du canapé. Je ne vois que ses yeux verts. Il me fixe comme si je devais m'excuser pour quelque chose. C'est peut-être lié à la réaction de mon corps face à lui, au fait que j'imagine ses mains sur moi et lui nu. Des pensées qui n'ont rien à faire dans mon esprit, puisque je suis sa prisonnière.

Nous nous dévisageons. Je prie pour que Nickie soit assez intelligente pour appeler les flics, et que la cavalerie arrive bientôt.

Ses yeux, de la couleur d'un océan orageux, verts avec des nuances de bleu et de gris acier, m'étudient. Il se prélasse dans le fauteuil, mais les muscles de son cou se contractent. Son t-shirt est un peu trop serré sur lui, de la plus délicieuse des façons. Je suis incapable de détacher mon regard de ses lèvres pleines et expressives. La sincérité de son regard sombre me trouble.

— Tu comptes simplement me dévisager, ou tu vas me dire ce qu'il se passe ? le rabroué-je, avec l'intention de le faire parler jusqu'à l'arrivée des secours.

Son expression est solennelle quand il prend la parole.

— Deimos Lorcayn est mon vrai nom. Je suis venu te chercher pour que tu m'aides à sauver ma famille, sauf que visiblement, tu as d'abord besoin de *mon* aide. Et il se pourrait que ce soit en partie ma faute.

Je ne me souviens que de son nom.

– Deimos ? répété-je. Pourquoi ça me semble familier ?

– Parce que nous nous sommes rencontrés quand mon frère Luther t'a amenée au Royaume Errant il y a deux ans.

Il cligne des yeux avec ses cils épais que la plupart des filles tueraient pour avoir.

L'incrédulité s'abat sur moi. Plus je fixe cet homme, moins je me souviens l'avoir déjà vu.

– Luther avait deux frères grossiers, mais… Attends. Comment tu… ? Si tu sais…

Je me frotte les yeux, le cerveau crispé par la confusion.

Quelque chose cloche vraiment ici.

Mes rêves ne sont pas réels. C'est mon psy qui l'a dit.

Deux ans sans rêves.

Deux ans sans Luther dans ma tête.

Deux ans sans souvenirs.

– Ne me dis pas que tu m'as suivie et que tu as découvert mon passé dans les dossiers du psy ? Sérieusement, ça me ferait flipper au-delà de tout ce que l'on peut imaginer.

– Psy ? Et je ne suis pas grossier. Juste honnête.

Une lueur d'amusement brille dans ses yeux.

– Tu *es* grossier, insisté-je, car il essaie de m'énerver. Pourquoi n'as-tu pas utilisé ton vrai nom l'autre soir, si tu dis la vérité ?

– Je devais être sûr que c'était toi, et à ce moment-là... eh bien... (Il se lèche les lèvres.) Certaines distractions m'ont pris au dépourvu. Comme quand ta jupe s'est déchirée.

Il semble reprendre son souffle.

— C'est *toi* qui me l'as arrachée, tu te souviens ? lui réponds-je sèchement, et à ce souvenir, mes joues rougissent.

Il répond par un sourire qui me dit qu'il ne regrette rien.

— Je ne te crois pas, d'ailleurs, lui répliqué-je.

— Tu me traites de menteur ?

— Qui se sent morveux se mouche.

Son regard s'attarde sur moi.

Quelque chose dans sa façon de me regarder déclenche une envie qui résonne dans mon cœur, un sentiment qui me hante, et pourtant je ne me souviens pas pourquoi.

— Guendolyn, ta place n'est pas ici. Je suis venu te ramener à la maison avant qu'il ne soit trop tard. Et peut-être que tes souvenirs de ce qui s'est passé il y a deux ans te reviendront une fois que nous aurons quitté cet endroit et que nous serons rentrés dans notre royaume.

Il me faut un moment pour assimiler ses mots. *À la maison.* Je ne me suis jamais vraiment sentie chez moi nulle part, mais c'est bizarre de penser que mon chez-moi se trouve dans un autre monde. Il y a deux ans, je croyais à l'autre royaume, aux rois et aux faë qui y vivaient. Un rêve d'enfant, insistait mon psychiatre. Maintenant, mon cerveau se bat contre ses paroles et leurs implications. Il m'a fallu deux ans pour me sentir enfin à peu près normale. À présent, mon cerveau résiste à la perspective que j'aie pu avoir raison depuis le début. Ce n'est pas possible.

– Que m'est-il arrivé ?

Ces mots s'échappent de mes lèvres. Ma question fait naître de la sympathie dans son regard, mais je me prépare à la réponse, à entendre la vérité qui m'a échappé toute ma vie. Est-ce si grave pour qu'il hésite ?

Je cligne lentement des yeux, essayant de calmer l'accélération de mon cœur.

– C'est compliqué, hésite-t-il. La moitié de ce que j'ai entendu provient de légendes.

– Des légendes ?

D'accord, donc son manque de précision est un signe évident qu'il invente ses histoires. Je ne nierais pas que j'ai été blessée au cœur, car pendant quelques secondes, j'ai cru que tout cela était peut-être réel.

Je jette un coup d'œil à mon téléphone, en miettes par terre, puis je reviens à Deimos. Voir cet homme assis et détendu me met mal à l'aise. Ce n'est pas comme ça que les kidnappeurs sont censés se comporter. Enfin, si je me fie à ce que j'ai appris dans les livres et les films.

Bang. Bang. Bang.

Je sursaute et me tourne vers la porte.

Un muscle se contracte dans la mâchoire de Deimos.

Les paumes de mes mains sont moites, et je recule. La cavalerie est arrivée.

Au même instant, la porte explose hors de ses gonds. Des éclats de bois volent en tous sens.

Un cri frémissant s'échappe de mes lèvres. Je me

jette à terre. Les bras au-dessus de ma tête, je m'accroupis près du canapé pour me protéger.

Mon cœur bat à tout rompre.

La police ne plaisante pas.

Un capharnaüm retentit dans la pièce. Des grognements et des cris. Je lève les yeux juste au moment où le petit fauteuil est projeté à travers la pièce. Il s'écrase sur la table, la brisant dans sa chute. Les bouteilles de cola explosent comme si on les avait secouées. Un feu d'artifice de mousse de boisson gazeuse s'élève dans l'air.

Un sursaut de terreur me traverse. Je jette un coup d'œil depuis derrière le canapé, l'estomac serré.

Deimos balance son poing à la figure d'un homme, le projetant contre le mur avec une force inouïe. L'homme blond ne gémit même pas et se dégage du trou dans le mur. Il grogne, les yeux rouge sang, et je le reconnais.

Oh putain. C'est le harceleur de la galerie et de la discothèque. Je suis trop secouée pour penser clairement, comprendre pourquoi il continue à me suivre. Mais c'est évident qu'il ne travaille pas avec Deimos.

Sa bouche s'étire en un rictus. Des crocs pointus en sortent, s'appuient sur sa lèvre inférieure. Il se jette sur Deimos, tous deux s'écrasent au sol dans une volée de violents coups de poing.

C'est trop rapide… vraiment trop. Peut-être que je ne vois pas clair, car ce n'est pas normal.

Mon regard se pose sur la porte défoncée, je me relève et je cours. Le combat se poursuit derrière moi tandis que le faible hululement d'une sirène résonne au loin.

– Guendolyn ! rugit Deimos dans mon dos.

Sans me retourner, je me précipite hors des lieux.

Par instinct, je file dans un petit couloir menant à un ascenseur.

Des pas martèlent le sol derrière moi.

Je panique, ma main se tend vers le bouton de l'ascenseur.

Un souffle d'air heurte mon dos, me faisant vaciller sur mes pieds peu assurés.

Des mains féroces m'empoignent les cheveux et me tirent en arrière. Mes jambes se dérobent sous moi. Je hurle et cherche quelque chose à quoi m'accrocher. Un saladier de pommes est posé sur une petite table contre le mur. Je le saisis, le fais valser et l'abats sur la tête du harceleur.

Crac !

Il me relâche, et je m'éloigne en titubant. Je tremble, tout mon corps est en proie à la terreur. Je presse mon dos contre les portes métalliques de l'ascenseur, tandis que ma main tape frénétiquement sur le bouton. *Allez. Allez. Allez. Ouvre-toi !*

Je fixe l'homme costaud au nez tordu, droit devant moi. Quelque chose ne va pas chez lui. Son dos est courbé vers l'avant, ses yeux sont une tache de rouge et de noir. Des crocs sortent de ses lèvres recourbées. Il se déplace avec les épaules courbées en avant, un grognement roule dans sa poitrine pantelante. Il se rapproche.

Ça ne peut pas être réel. Ça ne peut pas être réel.

À travers des lèvres pâteuses, il siffle :

— Foutue abomination. Assez joué. Nous te ramènerons ce soir pour faire face à ton jugement.

— Wouah, c'est un peu trop.

Je n'ai aucune idée de ce dont il parle, et je ne cesse de trembler.

Deimos est projeté hors de la porte de la chambre et s'écrase contre un miroir accroché au mur dans le couloir. Le verre se brise en éclats autour de lui. Des centaines de morceaux tombent sur sa tête. Je sursaute en le voyant s'affaler sur le sol avec un grognement sonore.

Le monstre qui me fait face se jette sur moi.

Je crie juste au moment où la porte de l'ascenseur s'ouvre avec un chuintement.

Il me fonce dessus.

Nous tombons dans la cabine, ma tête heurte le sol. La douleur me transperce le crâne. Dans la bagarre, ce combat pour ma vie, les ténèbres m'entourent, me dévorent.

Des griffes et des dents raclent ma chair. Son corps s'appuie sur le mien, son poids semblable à une montagne. Son souffle pestilentiel m'envahit.

Je panique. Je me débats contre lui, le repousse des mains et des jambes de toutes mes forces. Mon souffle est rauque, haché. Je le bourre de coups de poing, lui griffe le visage. Mais la terreur me paralyse.

Des vagues de froid glacial me traversent, de plus en plus vite. Le monde qui m'entoure se brouille par inter-mittence.

Mon corps tout entier convulse. Non, non, non. Je n'ai pas été malade comme ça depuis deux ans. La peur me serre la poitrine. Je suis incapable de respirer, je peux à peine bouger. Une odeur piquante d'électricité emplit l'air.

Je sais ce qui va se passer. La mort vient à moi. Le mot résonne dans mon esprit. *La mort.*

L'ascenseur tremble férocement. Un bruit terrifiant de métal qui se déforme rugit comme un dragon.

Avec ces foutus yeux morts qui me transpercent, les ténèbres m'appellent.

Le monde s'estompe en un éclair… L'ascenseur a disparu. Les arbres et la nuit nous engloutissent. Un froid glacial s'abat sur nous, enfonçant ses crocs dans ma chair.

Je hurle et ce monde étrange s'évanouit. Un instant plus tard, nous sommes de retour dans l'ascenseur.

Le salaud au-dessus de moi se fige, les yeux exorbités.

– Et voilà… Et voilà, putain ! Je savais que tu ouvrirais le portail pour nous. Maintenant, refais-le ! beugle-t-il. Le Roi de la Cour des Cendres t'a convoquée.

Sa bouche s'ouvre, dévoilant ses crocs.

Des cris s'échappent de mes lèvres, et c'est la fin que je vois venir.

CHAPITRE 6
DEIMOIS

Je percute le sol comme un sac, une pluie d'éclats de verre tombe sur ma tête et mes épaules. Les bords tranchants entaillent la chair. Mais je m'en moque. Je n'en ai rien à cirer de moi. Je me remets sur pieds en un instant, quand tous les poils de mon corps se hérissent.

Magie.

Elle picote ma peau, lèche mes entrailles comme une mer cruelle. Acérée et tranchante, elle se répand dans ma poitrine et s'enroule autour de mon cœur. De la magie noire, le même genre qui a déchiré le Royaume Errant en deux.

La puissance se répand depuis l'ascenseur... Elle m'attire. Guendolyn et ce maudit de sang ont disparu sous mes yeux, avant de réapparaître.

Elle a ouvert le portail. Elle l'a ouvert, mais elle ne peut pas le tenir longtemps. Peu importe. Ce temps suffit pour entrer dans notre royaume.

Cet enfoiré se jette sur elle, mes muscles se tendent, mes narines se dilatent.

Je m'élance en avant. De la poussière tombe du plafond et des murs qui tremblent. Les portes de l'ascenseur se referment, et la peur comprime mon cœur. Je me rue entre elles au moment où elles se bloquent contre mes épaules, puis rebondissent en s'ouvrant.

L'adrénaline circule dans mes veines à un rythme effréné.

Elle hurle, et son regard se pose sur moi depuis sous le suceur de sang, coupant comme du verre.

J'attrape le dos de sa chemise et l'arrache d'elle, puis le jette hors de l'ascenseur. Mais dans la seconde qui suit, l'autre maudit de sang se jette sur moi, sortant de nulle part.

Son poing me touche à la tempe. Je recule en titubant quand il se jette sur moi. Mon dos heurte la paroi de l'ascenseur, et la douleur explose dans ma tête.

Merde !

Je le frappe à la gorge, mais ce salaud recule à peine.

Guendolyn se blottit dans un coin, étreignant ses genoux, marmonnant des choses que je ne comprends pas.

Ce satané maudit de sang fond sur moi, toutes griffes et dents dehors. J'esquive son attaque dans l'espace confiné de l'ascenseur, et je pivote. J'empoigne ses cheveux et le dos de sa chemise, puis le jette dehors aussi fort que son collègue. Il vole à travers le hall et s'écrase sur l'autre enfoiré qui tente de se relever.

Reste à terre !

Les portes de l'ascenseur se referment avec un tintement, et nous faisons une embardée. Je me tourne vers Guendolyn et lui attrape le bras.

– Lève-toi.

Je la tire sur ses pieds.

Mon cœur bat à tout rompre.

– Ouvre le portail maintenant !

Elle me repousse d'une main sur ma poitrine et se dégage de ma prise.

– Ne t'approche pas de moi !

– Je ne vais pas te faire de mal, mais tu dois ouvrir le portail avant qu'ils ne reviennent. Ils ne cesseront jamais de venir te chercher, tu comprends ? grogné-je.

Elle secoue la tête, l'air perdu, les yeux écarquillés. Elle est terrifiée.

– Qu'est-ce qui se passe ?

– Tu as disparu il y a quelques instants avec un maudit de sang, puis tu es réapparue. Quoi que tu aies fait alors, fais-le encore.

Elle serre ses bras autour d'elle et se blottit dans un coin comme si elle risquait de disparaître.

– Je ne sais pas comment j'ai fait ça.

Mes pensées sont trop dispersées, et je n'ai pas le temps de l'entraîner à utiliser son pouvoir en si peu de temps, et alors qu'elle est terrorisée.

L'ascenseur sonne, et je fais volte-face. Ma main saisissant la sienne par réflexe, je l'entraîne derrière moi quand je constate que la réception de l'hôtel est vide de ces suceurs de sang. Il y a seulement une personne au comptoir et deux employés. Je leur fais signe tandis que Guendolyn les appelle à l'aide.

Tous les faë possèdent un pouvoir qui leur est

propre. Mon frère Luther est doué de clairvoyance et peut entrer dans l'esprit de quelqu'un, bien que ce soit interdit dans notre royaume. Moi, j'ai le pouvoir de persuasion par le son de ma voix. Ce n'est pas infaillible, ça ne marche pas toujours, mais ça m'a permis d'avoir une chambre d'hôtel gratuite et d'éviter qu'ils la croient quand elle a appelé la réception. Elle est très prévisible.

Les deux femmes derrière le comptoir me sourient et me lancent des regards lascifs comme tant de femmes dans ce monde.

Je me précipite dehors, Guendolyn dans mon sillage.

Elle crie, et nous attirons encore plus l'attention.

Mes muscles se tendent. Je ne suis pas capable de persuader des foules entières.

– Laisse-moi partir !

Elle me frappe le bras avec son poing et j'ai envie de la balancer sur mon épaule et de courir. Sauf qu'ils ne font pas ça ici, m'a dit Luther, qui m'a donné des cours sur tout ce qui concerne les humains. J'ai la connaissance, je sais beaucoup de choses, mais faire l'expérience de ce monde est tout à fait différent.

– Silence ! (Je découvre mes crocs par pure frustration.) Crois-moi, je suis en train de t'aider.

Ses cris cessent, mais à présent elle se débat et me donne des coups de pied dans la jambe. Je regarde en arrière vers la réception à travers les portes vitrées, m'attendant à ce que les deux maudits de sang se jettent sur nous. Heureusement, ils ne sont pas en vue. Mais je ne crois pas que ça va durer longtemps.

À ma droite, je repère le jeune valet à qui j'ai parlé lors de ma première visite à l'hôtel. Ce grand échalas porte un costume bleu mal ajusté et ses cheveux cachent son visage.

– Bonjour, monsieur.

Son regard se pose sur une Guendolyn déchaînée. Je l'attire fermement contre moi, mon bras s'agrippe à son flanc, lui coinçant les bras, et je fais mine de repousser les cheveux de son visage en lui couvrant la bouche.

– Est-ce qu'elle va bien ? demande-t-il, haussant un sourcil perplexe.

– Oui, bien sûr, grogné-je. Elle n'a pas pu faire sa sieste, alors elle est grincheuse. Maintenant, amenez-moi votre attelage le plus rapide. Vite.

– Un attelage ? Vous voulez dire voiture ? Puis-je voir votre ticket, s'il vous plaît ?

Je soupire fortement. Il devient de plus en plus diffi-cile de rester calme avec Guendolyn qui se débat et tente de me mordre la main. Je fusille l'homme du regard.

– Va me chercher la voiture la plus rapide que tu as, maintenant !

Un soupçon de magie flotte dans mon souffle, et le jeune homme se raidit subitement.

– Tout de suite, monsieur.

Il court dans l'allée.

Pitié, que quelque chose aille dans mon sens pour une fois.

Il suffit d'aller sur Terre, a dit Luther. *Ça va bien se passer. Trouve Guendolyn et elle ouvrira le portail pour toi.*

Je suis furieux parce que tout a mal tourné. Bon sang, deux maudits de sang se sont faufilés à travers le portail quand j'ai traversé il y a quelques jours, et à présent je ne peux pas utiliser la magie pour revenir. Et Guendolyn n'a aucune idée de qui elle est ou de comment ouvrir un portail.

Baissant les yeux, je retire ma main de sa bouche. Elle est à court d'air.

– Tu essaies de me tuer ? Qu'est-ce qui ne va pas chez toi ?

Ses paroles sont pleines de venin, et malgré cette nuit de merde, je ne peux m'empêcher de fixer ces lèvres pulpeuses et de voir à quel point elle est mignonne quand elle est en colère.

Je jette un coup d'œil dans le hall de l'hôtel. Rien à signaler pour le moment.

Un rugissement vient de derrière nous et je me retourne, Guendolyn toujours serrée contre moi.

Je ne vois que du rouge. Brillant et étincelant dans les lumières. Une voiture se glisse devant nous et la portière côté conducteur s'ouvre dans un mouvement ascendant, me rappelant l'aile d'un papillon.

Le valet sort de la voiture et se précipite vers moi, laissant le moteur tourner.

– Voilà, monsieur. Vous êtes prêt à partir.

– Qu'est-ce que c'est ? (Je regarde la voiture portant un symbole de taureau doré sur la calandre.) Pourquoi est-elle si basse ? Je voulais la voiture la plus rapide, et dans laquelle je puisse rentrer.

– C'est la plus rapide, monsieur.

Il se contente de me fixer, le regard vitreux. Je lève les yeux au ciel.

– Aidez-moi à la mettre dans la voiture.

Il se précipite pour ouvrir la portière.

– Non, pas question, m'écrié-je.

Cette diablesse m'échappe, et je me précipite sur elle. Je l'attrape par la taille, la soulève, même si elle hurle et donne des coups de pied, puis la pousse maladroitement sur le siège passager avant de claquer la portière.

Elle triture la poignée, mais semble incapable de l'ouvrir.

– Bien. Reste là-dedans.

Je fais le tour de la voiture en courant quand j'aperçois le maudit de sang qui traverse la réception. Mon estomac se serre. Je plonge sur le siège conducteur et tire la portière vers le bas.

– Tu vas être arrêté et jeté en prison à vie. Un joli garçon comme toi sera une marchandise très prisée là-dedans. Elle me crie dessus, mais je n'ai aucune idée de ce dont elle parle. J'essaie de me souvenir de toutes les instructions de Luther pour conduire une voiture.

Pourquoi celle-ci a-t-elle autant de gadgets ?

Je passe la première vitesse, en appuyant d'un pied sur l'embrayage, ce que Luther m'a appris. J'appuie sur le frein à main au milieu de la console. Sauf qu'il ne s'abaisse pas, et je tape dessus avec ma paume. *Allez, enfoiré, descends.*

– Bon sang !

Puis je vois que l'extrémité du frein à main est munie d'un bouton. Comment diable n'ai-je pas vu ça ? J'appuie dessus et je pousse le tout vers le bas.

Nous avançons alors que je manœuvre les deux pédales. La voiture cahote, le moteur grince. Putain, qu'est-ce que je ne donnerais pas pour un cheval et une calèche en ce moment.

Bang !

La portière tremble et Guendolyn pousse un hurlement assourdissant.

Je tourne la tête et constate qu'un maudit de sang s'est jeté sur sa vitre et s'y agrippe pour tenter d'entrer.

– Fonce ! Appuie sur l'accélérateur ! hurle-t-elle.

Je presse un bouton et des lames balaient le pare-brise. Un autre et un déclic résonne autour de nous.

– L'accélérateur, l'accélérateur, la longue pédale à droite.

J'écrase mon pied sur le truc, et nous faisons une embardée en avant. Les pneus crissent au premier virage que je prends un peu trop vite.

Nous décollons comme si trente chevaux au galop nous tiraient. Je suis projeté en arrière sur mon siège. Le moteur rugit, et ce salaud est éjecté de la voiture. Ce véhicule est rapide.

– Où allons-nous ? demande-t-elle en regardant derrière nous, en direction de l'hôtel.

– Aucune idée, je veux juste m'éloigner d'eux le plus possible.

– Bien, alors dis-moi ce qui se passe.

La voiture fait entendre un grincement.

– Et maintenant ?

– Change de vitesse, dit-elle.

– D'accord. Luther m'a parlé de cette partie, mais ça m'a échappé.

Je pousse le levier de vitesse, et un horrible bruit de craquement sort du moteur.

– Tu vas le tuer, siffle-t-elle. Est-ce que tu sais au moins conduire une voiture de sport ?

– Bien sûr que oui.

Je mens. Jamais je n'ai conduit un tel engin. Mais je suis intelligent, et je comprends vite. Je pousse le levier de vitesse, qui refuse d'abord de bouger. Je relâche l'accélérateur et appuie sur l'autre pédale. Cette fois, la vitesse change. Et on roule à nouveau en douceur.

– Par où commencer ? dis-je en m'engageant sur une autoroute où il n'y a presque pas de voitures, et c'est tant mieux. Pas de circulation.

Un silence s'installe entre nous.

– Bon, par où commencer ? répété-je. Les deux personnes qui te poursuivent sont des maudits de sang. C'est une longue histoire, mais pour résumer, ce sont des faë maudits qui ont été bannis du royaume et sont accros au sang. Le truc, c'est qu'il y a deux ans, ils étaient aussi sauvages que des animaux, incapables de penser au-delà de la soif de sang. Mais aujourd'hui, ils sont différents des créatures de chez nous. Ils sont intelligents, alors je ne sais pas ce qui se passe. Mais je sais qu'ils te suivent à la trace grâce à ton odeur.

Elle me regarde fixement, et je n'arrive pas à savoir si c'est le signe que les choses se mettent en place dans son esprit.

– Ma quoi ?

Je jette un coup d'œil rapide à son visage marqué par l'incrédulité. Elle fait la moue. Je m'attendais à une protestation, mais elle ne dit rien de plus. Alors je continue :

– C'est une substance émise par les faë à cause de la magie que nous employons. Cela fait de nous des cibles faciles, c'est pourquoi nous prenons des potions de camouflage. Parfois, il suffit d'un contact pour déclencher l'odeur.

J'attends qu'elle parle, mais comme elle ne dit rien, je continue.

— Tu es particulièrement recherchée au Royaume Errant, et il est grand temps que tu rentres chez toi pour que nous puissions te protéger.

— Pourquoi ?

Ce seul mot semble s'appliquer à tout, et je sais que c'est ainsi qu'elle le conçoit.

— Parce que tu es une faë comme moi. À cause du sang dans tes veines, et de ta magie. Parce que s'ils te tuent, la malédiction ne pourra jamais être rompue.

Elle remue, les mains sur ses genoux.

— Donc tu es en train de me dire que je suis née dans ce royaume parce que je suis une faë, et que j'ai fini par vivre ici avec les humains. Et que maintenant tu veux que je retourne là-bas, où il y a des vampires monstrueux en liberté ? Oh, et puis je suis douée de magie ? Comme la magie d'Harry Potter ?

Je la regarde, les yeux étrécis, ne sachant pas trop ce qu'elle vient de me demander.

— J'ignore ce que sont les vampires ou Harry Potter, mais oui.

Je lui adresse un sourire qu'elle ne paraît pas remarquer, fixant la route droite. La ville et ses néons s'effacent derrière nous.

Je sens ses yeux sur moi qui m'étudient, essayant de donner un sens à tout ça. Ç'aurait été tellement plus facile si elle avait conservé ses souvenirs, si Luther avait traversé le portail avec moi.

– Tu veux dire que je suis une fée ?

Elle fait semblant de rire.

– Les fées sont des vermines suceuses de sang. Elles se nourrissent de cerveaux et d'yeux, donc non, tu n'es pas une fée.

Elle déglutit difficilement, m'étudiant comme si je pouvais mentir.

Au Royaume Errant, mes deux frères et moi avons été pris en embuscade dans la forêt alors que nous utilisions une potion pour ouvrir le portail entre notre monde et la Terre. Les maudits de sang se sont dressés contre nous par milliers, en ont tué beaucoup, et ont répandu leur virus. J'ai réussi à atteindre ce royaume, et quand j'ai regardé en arrière, un assaut de maudits de sang fondait sur mes frères. Puis le portail s'est refermé. Je prie pour que mes deux frères aient survécu. Nous avons tout risqué pour trouver Guendolyn, car la seule personne capable de faire cesser la malédiction sur notre terre est celle qui l'a déclenchée. Elle.

Venir dans ce monde est notre seule chance de survie… Guendolyn est notre dernier espoir. Elle est tellement plus qu'elle le croit.

Je lui jette un coup d'œil sur le siège passager, et je vois de la frustration au coin de ses yeux. Les pieds repliés sur le siège, les genoux contre la poitrine, elle s'appuie contre la portière pour être aussi loin de moi que possible. Elle est petite, et pourtant le pouvoir qui coule dans ses veines peut faire tant de bien… et tant de mal aussi. Avec lui reviennent des souvenirs cruels du prix que nous avons tous payé il y a deux ans. Une douleur est installée sous mes côtes. Une douleur qui me touche profondément à cause des pertes dans nos familles, de la mort et de la malédiction qui s'est abattue sur le Royaume Errant.

– J'ai tellement de choses à te dire, mais pas ce soir. Essaie de te reposer.

Elle ne répond pas. Elle se contente de regarder fixement dans la nuit.

Il y a une raison pour laquelle je n'ai jamais envisagé de me marier. La vie, et surtout le fait d'observer les erreurs des autres, m'a appris à éviter les relations à long terme. Parce que rien n'est permanent. De telles choses vous rendent faibles… ce que mon beau-père, le roi de la Cour des Ombres, me répétait constamment. Cela pourrait expliquer pourquoi il passait rarement du temps avec nous ; mais notre vrai père nous a abandonnés pour épouser une princesse faë assez jeune pour être sa fille. Ce genre de conneries vous fait remettre en question la valeur du mariage.

CHAPITRE 7
GUEN

Le vent s'engouffre par la vitre ouverte de la Lamborghini, tourbillonne dans mes cheveux, fouette mon visage. La nuit recouvre le paysage. Non pas que je puisse voir grand-chose depuis l'autoroute. Nous roulons depuis des heures sans faire de pause, et je suis encore en train d'assimiler tout ce que Deimos m'a dit… Deimos Lorcayn pour être précise. Ma mémoire d'il y a deux ans est encore floue, mais ce dont je me souviens, c'est qu'il est le benjamin des trois princes de la Cour de l'Ombre. Luther est le cadet, et Ahren est l'aîné et l'héritier du trône.

J'ai beau me creuser la tête, les autres détails ne me reviennent pas. Je serre les dents, frustrée par ces souvenirs que je sais exister. Je les sens, mais je n'arrive pas à les saisir. L'homme qui conduit cette voiture ne ressemble en rien au prince que j'ai rencontré il y a deux ans. L'anxiété me gagne à mesure que je réalise que je ne peux pas me souvenir de tout, et que tout peut être si flou.

Je me tourne dans mon siège et appuie sur le bouton de fermeture de la vitre pour faire barrage au vent féroce. Je ne sens que le cuir fin et son parfum ridiculement sexy. Boisé, terreux, avec un soupçon de prairie fraîche.

– Tu te sens mieux ? demande-t-il, d'une voix presque insupportablement tendre.

Je croise son regard, déterminée à lui montrer que je m'accroche à un semblant de santé mentale. Je n'ai aucune idée de l'endroit où nous sommes et je n'ai ni téléphone ni portefeuille. Mais s'il y a un bon côté, c'est que je suis loin de ces deux harceleurs. Ou quoiqu'ils soient. Je frémis, sentant encore leurs griffes érafler les parois de l'ascenseur et le mal dans leurs yeux inhumains. Je repousse ces mauvaises pensées et reporte mon attention sur Deimos.

– Pourquoi je ne te reconnais pas si nous nous sommes déjà rencontrés ?

– Glamor, répond-il, comme si cela répondait à toutes mes questions. Une aptitude que tous les faë possèdent pour modifier leur apparence.

Mon esprit déborde d'une demi-douzaine d'autres questions, mais son parfum enivrant me donne le tournis et elles s'évaporent en un instant.

Sous mes yeux, Deimos se transforme. Ses cheveux noirs s'éclaircissent jusqu'à devenir blancs comme neige et s'allongent, dépassant ses épaules. Ses pommettes s'affinent, sa mâchoire devient plus forte et plus prononcée. Ses épaules s'élargissent, tout comme sa poitrine, ce qui le fait paraître géant dans cette voiture de sport.

Je reste pétrifiée, bouche bée.

Ses yeux spectaculaires, plus verts que je n'aurais jamais pu l'imaginer, me transpercent tandis que mon cerveau cherche une explication. Mais il me regarde avec un sourire malicieux et impertinent, et c'est alors que je le reconnais. J'ai déjà vu son visage auparavant, c'est clair. Mais tous les autres souvenirs de nos échanges, de ce qu'il a fait… ne se trouvent pas dans ma tête. Ma main se porte instinctivement sur le côté de mon cou, révélant une sensibilité à cet endroit.

J'ai la chair de poule et une chaleur semble m'engloutir, absorbant chaque partie de mon corps dans son sillage. Je suis incapable de détourner le regard de ce visage magnifique. Il se passe une main dans les cheveux.

Bon sang, si je le trouvais spectaculaire avant, désormais… désormais, il est le rêve humide de toutes les femmes. Je me sens soudain intimidée en sa présence, comme si c'était impossible que quelqu'un comme lui puisse me voir autrement que comme une fille ordinaire.

Son regard ne cesse d'aller et venir entre moi et la route, attendant ma réaction, que je dise quelque chose.

– Tu aimes ?

J'ai oublié comment respirer.

– Deimos ! (Mon cœur bégaie.) Je me souviens de toi.

Bon, son visage m'est familier, ce qui est un début ; peut-être que d'autres souvenirs me reviendront. Mais désormais, je sais avec certitude que nous nous sommes déjà rencontrés… et juste comme ça, Luther me revient en mémoire. Donc soit j'ai complètement perdu la tête et j'ai des hallucinations, soit les bribes de souvenirs dont je dispose sont réelles.

Mon monde tourbillonne. Je voudrais lui poser des questions… des choses qui semblent se trouver à la pointe de mon esprit, mais je n'arrive pas à les saisir. Je cligne fortement des yeux, me creuse la cervelle à la recherche de ces pensées. Mais elles m'échappent.

Ses sourcils épais s'arquent légèrement.

– Nous avons déjà déterminé que tu te souviens de moi.

Je lui donne un coup de poing dans le bras. Il ne risque pas de le sentir avec tous ces muscles. Je ne suis pas du genre à réagir de cette façon ni à piquer des crises, mais avec sa suffisance et le fait qu'il ne me dise ça que maintenant… Que répondre ? Quelque chose en moi s'est déchaîné.

– *Hé*, grogne-t-il.

– Pourquoi tu ne m'as pas montré le vrai toi plus tôt ?

– Mon apparence n'est pas vraiment idéale pour me mêler aux humains.

Je m'enjoins de ne pas réagir, même si son sourire me donne envie de lui balancer un coup de poing. Sauf que maintenant, je suis plus confuse que jamais. Plus je fixe le faë aux cheveux blancs qui conduit la Lamborghini sur la route vide, moins je peux nier la vérité. Elle me regarde droit dans les yeux.

C'est un faë.

Il vient d'un autre royaume.

Il est venu pour m'emmener avec lui.

Les monstres sont réels, bordel !

– Si je suis une faë, où sont mes ailes, et mes oreilles devraient être pointues, non ?

– Tu as posé presque la même question il y a deux ans.

Il parle avec une conviction absolue, et je ne peux m'empêcher de le croire.

– Seules les fées ont des ailes, pas les faë. Et les oreilles pointues sont une caractéristique que possèdent certaines lignées et pas d'autres.

Nous roulons toujours. Ses grandes mains agrippent le volant et il s'efforce de nous maintenir sur une seule voie. Je baisse mon regard sur mes mains et tente de bien réfléchir à tout. Comment mes parents m'ont abandonnée dans un refuge alors que je n'avais que quelques mois, avec rien d'autre qu'un ruban attaché à ma cheville et portant mon nom. *Guen.*

L'histoire se prête à penser que je viens de ce royaume, leur royaume, mais c'est toute la partie faë et fantastique qui me déconcerte. Pourtant, j'ai vu certaines choses de mes propres yeux. Ces harceleurs avec des crocs. Deimos qui se transforme dans la voiture. Et je sais que dans l'ascenseur, j'ai glissé dans un autre monde. Je l'ai senti jusque dans mes os. Un truc que j'avais déjà fait avant… Eh bien, la psy m'a poussée à croire que je l'avais rêvé. Mais si elle avait tort sur toute la ligne ?

Une telle réalité me frappe comme un coup de pied dans les dents. La bile me monte à la gorge. J'ouvre à nouveau la vitre pour avoir un peu d'air frais et m'empêcher de vomir partout dans cette voiture hors de prix.

– Une fois que nous nous serons reposés, il faudra que tu te rappelles comment utiliser ta magie pour ouvrir le portail.

En vérité, il pourrait aussi bien me demander d'attraper la lune au lasso. Je déglutis face au flou qui règne dans ma tête.

– Dormir me fera du bien, marmonné-je.

N'importe quoi pour ne plus avoir l'impression de m'enfoncer dans un tourbillon.

Je ne sais pas depuis combien de temps on roule, mais je dérive vers le sommeil, et c'est le crissement du gravier sous nos pneus qui me réveille.

Il y a une énorme enseigne *Motel* au néon en face de nous. La lumière bleue éclatante fouette le visage épuisé de Deimos.

Il amène la voiture à l'arrière du long bâtiment à un étage, en réduisant la vitesse. Je me redresse.

– Où sommes-nous ?

Il commence à parler, mais nous sommes interrompus par les craquements horribles de la voiture lorsqu'il essaie de changer de vitesse. Je grimace intérieurement. Nous descendons l'allée en sautillant comme des lapins. Je suis secouée et bousculée. Puis la voiture s'arrête.

– Cet endroit fera l'affaire, annonce-t-il.

Je regarde dehors et constate que nous sommes garés en plein milieu du parking.

– Ouaip, bien sûr. Parfait.

Ma réponse est empreinte de nervosité. Dehors s'étendent des forêts et une obscurité sans fin derrière le motel.

– Nous sommes au milieu de nulle part.

– Exactement. Ça prendra plus de temps à ces maudits de sang pour te retrouver. On dort quelques heures, on mange, puis on part avant l'aube.

– Donc tu as une destination en tête ?

– Non. On continue de rouler jusqu'à ce que tu trouves comment utiliser ton pouvoir et nous ramener à la maison.

– C'est ici chez moi, lui expliqué-je vivement.

Ce qui me vaut un regard de travers, comme s'il était surpris de mon commentaire.

– Pas ton véritable chez-toi.

Une migraine rampe le long de ma nuque. J'ai la vessie pleine et une envie soudaine de trouver des toilettes. Sitôt le moteur coupé, je tends la main vers la portière, mais il m'attrape par le poignet et me force à lui faire face.

– Ne pense pas à t'enfuir, entendu ? Si tu le fais, je t'attache à moi.

Ses yeux sont ténébreux et je ne doute pas une seconde qu'il prenne plaisir à nous lier ensemble.

Des ombres lourdes dansent sur son visage, et au fond de mon esprit, je me rappelle que Nickie va appeler les flics quand elle ne me trouvera pas à l'hôtel. Ils lanceront une chasse à l'homme dans tout le pays et ne manqueront pas de nous retrouver. En attendant que mes souvenirs me reviennent pour être sûre que cela ne fait pas partie d'un étrange… je ne sais quoi, je dois rester prudente.

– Compris.

Je libère ma main de son emprise et sors. Le vent est

froid ce soir, et rien que regarder dans le noir complet de la forêt au-delà du parking me fait trembler.

– Allons-y, dit-il.

Son corps reprend son apparence glamour. Il m'attend, je le rejoins, et quand je le regarde, je ne peux m'empêcher de voir en lui celui qui m'a kidnappée, et que sous sa forme blonde, il est l'homme qui regorge de mystères que je meurs d'envie de découvrir.

Nous nous dirigeons ensemble vers l'avant du motel.

Il est le moindre des deux maux, non ? Au moins, il n'a pas tenté de me tuer.

Alors que nous nous rapprochons, je remarque qu'une unique lumière brille à travers une porte vitrée avec le mot *réception* imprimé sur la vitre.

À l'intérieur, ça sent la fumée et la réception est déserte. Je distingue une silhouette dans l'embrasure de la porte qui mène à l'arrière-salle. Un petit homme en surgit, une tasse aux lèvres et les yeux écarquillés à la vue de Deimos. Il est costaud, puissant et intimidant, même habillé d'un jean et d'une chemise décontractés.

L'hôtelier pose sa tasse sur le comptoir en toute hâte, faisant gicler du café partout.

– Je suis désolé. Je ne vous ai pas entendus entrer.

Il arrache un mouchoir en papier de la boîte posée sur le comptoir et s'essuie la bouche et le menton en fixant Deimos.

Je souris intérieurement. Quand la police diffusera les informations sur Deimos à la télévision, M. Peppers (je découvre son nom sur les cartes de visite dans un petit support en plexiglas) se souviendra de ce moment.

– Nous aimerions avoir votre meilleure chambre,

commence Deimos, et je vois déjà le changement d'expression de M. Peppers.

De l'état de choc à la vue d'un homme aussi colossal et magnifique, qui aurait sa place sur la couverture d'un magazine, à un état de fascination. Deimos est en train d'envoûter le pauvre homme, tout comme il l'a fait avec le valet à l'hôtel.

– Ma femme et moi allons rester ici pour une nuit. Pas de dérangement. Et nous avons besoin de manger. Apportez-moi un plat de tout ce que vous faites.

– Les motels ne font pas de service de chambre, lui expliqué-je.

Sauf que M. Peppers se contente de hocher aveuglément la tête.

– Il y a une petite ville pas loin et ils livrent des plats. Je vais arranger ça tout de suite.

Je lève les yeux au ciel en voyant à quel point il essaie d'impressionner Deimos.

– Ta femme ? Pour qui tu te… ? commencé-je, mais il me saisit la nuque et me plaque contre lui.

Cet enfoiré m'enfonce le visage dans son flanc, et je ne peux que respirer cette odeur de mâle sexy avec un soupçon de transpiration qui me fait fondre à l'intérieur. Je le déteste pour cette odeur si divine, parce que mon ventre explose de papillons en étant si proche de lui. Je plaque mes mains contre ses côtes pour m'arracher à lui. Je lui donne un coup de pied dans la jambe, et il me lâche enfin.

Je halète et lui lance le regard le plus méchant que je puisse composer.

– Bon sang, mais arrête de faire ça !

M. Peppers tend une clé à Deimos.

– Numéro treize.

– Allons-y, gronde-t-il avec un soupçon d'impatience dans la voix.

Il m'attrape à nouveau le bras pour m'emmener hors de la réception. Je jette un coup d'œil par-dessus mon épaule pour constater que M. Peppers ne fait pas attention, complètement inconscient de ce qui vient de se passer.

– Tu l'as hypnotisé, c'est ça ? Tu vas me faire ça à moi aussi ?

– Crois-moi, si je pouvais, je le ferais. Ce serait certainement plus facile.

Il me lance un sourire moqueur et je lui décoche un regard noir en retour. Ses yeux s'assombrissent, il prend un air sérieux, et je vois qu'il en pense chaque mot. Enfoiré.

Les chambres devant lesquelles nous passons sont toutes éteintes, comme si le motel était complètement vide de clients. Mais d'un autre côté, qui voudrait rester ici ?

Nous nous arrêtons devant une porte. Il libère mon coude de sa prise en étau. Je fixe le chiffre treize en bronze sur le battant. Je suis pratiquement certaine que c'est un présage de malchance à venir. Pourquoi cela ne me surprend-il pas ? Derrière moi, la nuit a tout envahi. Même l'autoroute devant nous est silencieuse, dénuée de voitures ou de lampadaires.

Je m'écarte de lui, mais il tend le bras pour me saisir par le col avant de me pousser dans la chambre.

Il ferme la porte d'un coup de pied, et mon pouls

s'emballe, puis il allume la lampe, éclairant le paradis de la morosité brune. Murs et plafonds en bois, moquette et couvre-lits délavés, même les peintures… Vous l'aurez deviné. Marron.

– Wouah, ils ont consacré beaucoup d'argent à la décoration ici.

Mes chaussures collent à la moquette, et j'ai des haut-le-cœur à l'idée de rester ici.

Deimos verrouille la porte.

Je traverse la pièce et pousse la porte de la salle de bains. Douche, baignoire, et toilettes. Je me retourne pour le regarder retirer ses bottes. À ses risques et périls, car personne ne devrait jamais marcher sur cette moquette pieds nus.

– Tu dors sur le… (Je jette un coup d'œil au minuscule canapé à deux places duquel ses jambes vont dépasser.) Sur le canapé.

Imperturbable, il cligne des yeux et secoue la tête.

– Pas question. On partage le lit pour que je puisse garder un œil sur toi toute la nuit.

Il parle sans la moindre émotion, comme s'il s'agissait d'un acte quotidien, mais je vois son regard vagabonder sur mon corps, et il fait semblant de ne pas sentir le brasier entre nous.

Sa présomption délirante me surprend. Comme s'il pouvait me surveiller toute la nuit. Les clés de la voiture sont dans sa poche, et je peux rester debout toute la nuit sans problème. C'est la nuit que je fais mes meilleurs devoirs pour l'université. Je suis une pro dans ce domaine.

Il m'étudie, me dévisage avec méfiance, et je me contente de sourire.

– Je m'étale quand je dors, alors si je te donne une douzaine de coups de pied, ne sois pas surpris. Tu es plus en sécurité sur le canapé.

Pas la moindre réaction, et il lit en moi. Reste cool. Il ne peut pas lire dans mes pensées… ou si ? Je le fixe en retour tout aussi intensément. *J'ai envie de te lécher partout.*

Attends, pourquoi j'ai pensé ça ? Une chaleur m'envahit à l'idée de le voir nu, de me voir m'occuper d'un tel homme et de découvrir à quel point il est bien monté. Je chasse ces images de ma tête. Elles ne peuvent venir de moi, sauf que mon regard a plongé vers son aine et que maintenant mes joues sont en feu.

Calme-toi.

Il me regarde toujours, mais sans réagir à mes pensées, ce qui me confirme qu'il est incapable de les lire. Une flamme féroce brille dans ses yeux tandis qu'un lent sourire se dessine sur ses lèvres, et son expression me trouble.

Mon souffle s'accélère à présent. Bon sang, peut-être qu'il a entendu mes pensées ?

– Alors… quel est ton super pouvoir en tant que faë ?

J'éclate de rire, et si quelqu'un a déjà ri comme une hyène, c'est bien moi.

Ses yeux se plissent.

– Le pouvoir de la voix. Tu ne l'as pas remarqué ? dit-il.

– Exact, en effet. Oui, avec M. Peppers et le voiturier. Et c'est tout, hein ?

Son sourire sexy s'élargit.

– Tu crains que je puisse te faire davantage ? (Il s'arrête, me regarde de haut en bas, son souffle s'accélère.) Que je puisse entendre tes pensées ?

Je déglutis en dépit de la boule dans ma gorge.

– Quoi ? Pourquoi tu me demandes ça ? C'est dingue ! Mais tu ne peux pas parce que personne ne peut faire ça, pas vrai ? Mon Dieu, pourquoi est-ce que je bafouille ? Il doit deviner que c'est exactement ce qui m'inquiétait et il sait maintenant pourquoi mon visage est en feu.

Il réduit la distance entre nous, sans jamais quitter mes lèvres du regard. Il tend sa grande main vers moi et la pose sur le côté de ma tête, son pouce effleurant ma joue.

Mon souffle hoquète à son contact, comme c'est le cas depuis la première fois que je l'ai rencontré. Et que nous soyons si proches ne contribue en rien à ralentir mon rythme cardiaque ou à me concentrer.

Ses yeux d'un vert éclatant croisent les miens, et un tremblement de peur et d'excitation me parcourt. C'est mal de ma part, mais mes pensées se déchaînent alors que mon pouls s'emballe. Je ne cesse de m'imaginer en train de mordre ses lèvres, de les lécher, d'escalader cette montagne d'homme. Pour qu'il atteigne ce pouls palpitant entre mes cuisses.

– Je ne peux pas lire dans les pensées, dit-il, brûlant mes fantasmes. Mais mon frère Luther en est capable.

Je pousse un grand soupir de soulagement et

enferme cette information dans le coffre-fort de mon esprit pour plus tard, en essayant de repousser le désir qui me chauffe comme si j'étais devant un feu.

– Bon, je vais me rafraîchir. Ne vole pas mon lit.

Je gagne rapidement la salle de bains et ferme la porte derrière moi. Je lâche une longue expiration, parvenant enfin à respirer avec aisance.

Qu'est-ce qui ne va pas chez moi ? Je perds le contrôle avec lui.

Frénétiquement, je cherche dans la pièce ce qui pourrait me servir d'arme. Quelque chose pour l'assommer. Ensuite je partirai, car que va-t-il me faire si je ne peux pas ouvrir ce satané portail dont il parle sans cesse ? Je ne sais même pas ce qui s'est passé dans l'ascenseur.

J'asperge mon visage et ma nuque d'eau froide. Dans le miroir aux coins écaillés, je vois une fille aux yeux injectés de sang et aux joues rouges. Honnêtement, je ne me rappelle pas la dernière fois où j'ai eu l'air si fatiguée et gonflée d'adrénaline en même temps. Quand je pense à Deimos, mon estomac palpite comme si j'étais de retour au lycée. Pourtant, il m'agace au plus haut point.

Agrippant le lavabo à deux mains, je me regarde de plus près.

– Qu'est-ce que tu es ?

Je ne sais pas combien de temps je reste là, à attendre que mon cerveau finisse par s'ouvrir et me donner des réponses, mais elles ne viennent pas. Alors j'ouvre le bouton de mon jean et je vais aux toilettes.

J'ai déjà le plan en tête : je fais semblant de dormir, et une ou deux heures après, quand il est dans un profond sommeil paradoxal, je me glisse dehors, j'attrape les clés et je pars.

Une fois terminé, je remonte mon jean sur mes cuisses, et là commence ma bataille avec lui. Sauter de haut en bas, le tirer vers le haut et sur mes fesses. Pourquoi je l'ai mis, déjà ? C'est vrai, parce que cet article défie les lois de la physique et que je ne sais même pas comment il peut m'aller. Mais c'est le cas, il me donne de superbes jambes toniques et un cul bien galbé. Bien sûr, il est trop petit de deux tailles, mais ça marche. Je rentre le ventre en retenant ma respiration, et je force le bouton à se rapprocher du trou, l'enfonce à moitié.

Bang. Bang. Bang.

Je sursaute quand on frappe à la porte, et mon jean s'ouvre de nouveau.

Rah!

– Quoi ?

– La nourriture est là.

– Bien, merci.

Mais je ne pourrais pas faire rentrer quoi que ce soit dans mon estomac en portant ce pantalon. Dix minutes de secousses plus tard, j'ai remonté ma fermeture éclair. Je n'irai pas aux toilettes le reste de la nuit.

Dans la chambre, Deimos est assis à la table ronde, avec tellement de nourriture devant lui que je suis convaincue qu'il peut nourrir tout le monde dans ce motel. Quel pouvoir Deimos a-t-il sur les gens ?

– Wouah, tu es affamé.

Il cale une part de pizza pepperoni dans sa bouche et me fait signe de venir, puis me montre la chaise en face de lui. L'odeur de la nourriture m'appelle, et je me retrouve assise à table avec une part dans la main avant même de m'en rendre compte.

– Si toi et ton frère avez un talent, et que je suis une faë, quel est le mien ?

– Toi seule le connais. C'est quelque chose avec lequel tu es née.

– Eh bien, c'est un peu difficile puisque je n'avais aucune idée de ce que j'étais jusqu'à aujourd'hui.

– Tu l'as su il y a deux ans, me corrige-t-il en continuant à manger.

Comment quelqu'un peut être aussi sexy, même en s'empiffrant ? Malgré tout, j'ai juste envie de lui enfoncer la tête dans la nourriture à cause de son arrogance.

– D'accord.

Je prends une autre bouchée de pizza et je regarde le petit bol de macaronis au fromage avant de me l'approprier. Il l'attrape en même temps, sa main sur la mienne. Les fourmillements reviennent, ceux qui me submergent chaque fois qu'il me touche.

J'arrache le bol de sa main.

– C'est à moi, dis-je.

Personne ne se met entre moi et les macaronis au fromage. C'est mon plat de base, mon plat préféré, mon tout quand j'ai besoin de réconfort. Et sans doute la raison pour laquelle je ne rentre pas facilement dans ce jean.

Avec un haussement d'épaules, il retire son bras et continue à manger en me regardant mettre les nouilles dans ma bouche. Sa bouche s'entrouvre quand j'ouvre la mienne.

Je le jure, le voir baver devant moi en train de manger fait réagir mon corps très vite. Son regard n'est pas sur le bol dans ma main, mais sur mes lèvres.

– Tu veux goûter ?

Bon sang, qu'est-ce que je fais ? Je flirte avec lui ? Ma tête ne fonctionne pas comme il faut.

Il me prend mes macaronis au fromage sans hésiter.

– Hmm, c'est trop bon.

Ils disparaissent en quelques secondes.

– Ouaip, c'était bon. (Mon estomac grogne pour en avoir plus, tandis que ma poitrine se serre à l'idée que c'était le plat qui le faisait baver et rien de plus.) Bref, dis-m'en plus sur ton royaume, sur ce qui s'y passe.

– Il y a deux royaumes, commence-t-il. La Cour des Ombres et la Cour des Cendres. Des ennemis redoutables, depuis aussi longtemps que je me souvienne. Une malédiction s'est abattue sur notre monde, et maintenant tout est en proie au chaos. Les faë de Seelie, ceux de mon royaume, sont pourchassés.

– Une malédiction ? Comme ces maudits de sang ?

– Non, c'est différent.

Il baisse la tête et continue de manger, soudain silencieux.

– En quoi c'est différent ? m'enquiers-je.

– Ce n'est pas le moment de parler de ça.

Il me fait taire avec ces quelques mots, et l'air s'épaissit entre nous. Je ne comprends pas ce qui se passe, ni pourquoi il réagit de la sorte. Mais je me lève, car j'ai assez mangé.

– Je vais m'allonger.

– Bonne idée.

Un sentiment de peur s'installe dans ma poitrine. Il me cache tant de choses, et ça me terrifie, car il y a tant de choses qui n'ont pas encore de sens. Je retire mes escarpins, surprise de ne pas avoir cassé ces talons aiguilles dans tous mes déplacements. Nickie va me tuer si je le fais. J'arrache la couverture du lit et la jette au sol. Toujours habillée, je me glisse sous le drap et remue pour m'allonger sur le flanc au milieu du lit. Maintenant, j'attends.

Le lit se plie sous moi, dans mon dos.

Mes yeux s'ouvrent d'un coup dans l'obscurité : Deimos grimpe dans le lit près de moi.

J'ai dû m'endormir. Je me tortille pour me retourner afin d'accaparer une plus grande partie du lit et le pousser dehors.

Une grande main s'enroule autour de ma taille et me tire à lui si vite que je n'ai pas le temps de réagir. Mon dos s'écrase contre sa poitrine, et toutes mes pensées s'évanouissent lorsqu'il se presse contre moi au point que je peux sentir chaque centimètre de lui. Y compris le doux renflement niché contre mes fesses. Je me tortille pour m'écarter, mais ne réussis qu'à me frotter contre lui, car sa prise ne se relâche pas.

– Tu en profites ? ronronne-t-il.

La dureté croissante qui appuie contre mes fesses me fait tressaillir.

– Oh, j'espère que ce n'est pas ce que je pense.

– Si tu continues à te frotter contre moi, ça va devenir un problème bien plus important pour toi.

Je serre les dents et le repousse, mais en vérité, je suis en feu. Je n'avais jamais éprouvé une sensation aussi intense pour un homme auparavant. Je suis parcourue de frissons. Mon palmarès en matière de rendez-vous est inexistant, mais si j'avais eu un petit ami sérieux, je doute qu'il ait été comparable à Deimos.

– Tu ne vas nulle part, murmure-t-il à mon oreille, sa jambe recouvrant la mienne. C'est une erreur, parce que, telle une flamme, mon désir surgit comme un volcan et il est irrépressible.

– J'espère que tu es à l'aise parce que moi non.

– Je ne me suis jamais senti aussi bien depuis des années.

Son souffle sarcastique chatouille mon oreille. Le plaisir qui monte en moi s'emballe.

– Menteur, dis-je.

Je reste couchée sur le côté, sachant que bouger est vain contre cette montagne d'homme. Je ne peux pas bouger. Je ne peux pas penser. Je ne peux qu'écouter mon cœur cogner dans mes oreilles, tandis que mes mamelons durcissent.

– Sais-tu ce qu'on fait à ceux qui traitent un prince de menteur ?

Sa voix grave effleure mes terminaisons nerveuses, et un frisson me parcourt l'échine. Pas de peur, mais de sa proximité avec moi. Du léger tressaillement de ses doigts lorsque sa paume s'étale sur mon ventre.

– Ils les tuent, marmonné-je.

Je me concentre sur son geste, sur la façon dont il remonte lentement sa main le long de mon ventre, j'en suis certaine.

Il ne répond pas, mais respire fort, ce qui me fait rire.

– Est-ce que je t'ai coupé ton effet ? lui demandé-je.

– Il y a des choses bien pires que la mort, Guendolyn.

Ces mots me touchent – me hantent – parce que son ton me dit qu'il a subi directement une telle punition.

– Qui voudrait menacer un prince ? dis-je en lui jetant un œil par-dessus mon épaule.

Les ombres dérobent son expression, à part ces yeux verts qui brillent dans la nuit.

– Le roi, avoue-t-il.

Son père ? J'ai envie de poser plus de questions, mais je me retourne et reste allongée. Son père est un enfoiré… Je suppose que le mien est pareil, puisqu'il m'a abandonné. Pourtant, entendre la douleur dans sa voix, savoir qu'il a lutté, ça me touche. Je me sens trop concernée.

– Je devrais t'attacher, marmonne-t-il si près de moi que son souffle effleure mon cou.

– Ouais, je parie que tu aimerais ça.

Je me tortille contre lui.

– Ça se pourrait, me taquine-t-il.

Il ajuste sa main pour me maintenir contre lui puis d'un geste rapide, me fait rouler sur lui.

Je suis figée, allongée sur le dos sur lui. Je l'imagine bien en train de perdre le contrôle et s'emparer de moi. Prendre ce qu'il désire. Mon corps me fait mal, je frissonne de désir. Je l'imagine qui m'arrache mes vêtements et s'enfonce entre mes cuisses. Mon bassin se courbe vers le haut rien qu'à cette idée. Ma respiration pantelante me déchire les poumons. Mon cœur bat très fort.

Mon ventre se contracte et je suis toute moite de désir lorsqu'il me fait soudain rouler sur le côté. Son bras est maintenant replié sous mon cou.

– C'est mieux.

Je suis aussi immobile que la nuit, et mes joues sont en feu parce que je m'attendais à quelque chose… d'autre ? Je me sens stupide. J'ai envie de disparaître. Remercions l'univers qu'il ne puisse pas voir mon visage rougissant.

– Si tu le dis.

J'essaie de faire comme si mon pouls n'était pas hors de contrôle, comme si je ne ressentais rien pour lui.

Sa peau est chaude contre ma joue, et ça ne m'aide pas le moins du monde. Il est carrément incroyable.

Il se tait, et il ne faut pas longtemps avant que sa respiration ne s'approfondisse tandis qu'il s'endort. Eh bien, ça me fait mal d'être tout excitée par son contact, et qu'il s'écroule.

Je suis allongée ici en attendant mon heure et je patiente. Dans ma tête, j'imagine déjà à quelle vitesse je vais partir d'ici. Je dois être aussi loin que possible de Deimos avant qu'il n'arrive quelque chose de terrible… comme me jeter sur lui.

CHAPITRE 8
GUEN

— Je préfère les filles qui ont plus, pas moins.

Un frisson me secoue, et je plaque mes poings contre la poitrine de Deimos, mais il reste là, à me coincer, sans bouger. Ses doigts se glissent dans mes cheveux, entortillant les mèches.

— Tu aurais peut-être dû relever tes cheveux ce soir. Ç'aurait été plus joli.

— C'est tout ce que tu sais faire, insulter les gens ? Eh bien, ça ne marche pas avec moi, alors dégage de mon chemin.

Je serre la mâchoire. Il croit que c'est normal de me parler de cette façon ?

Sa main saisit mes cheveux, et je grimace.

— Tu es adorable quand tu es en colère. Je pense qu'on va bien s'amuser ensemble. Tu ne crois pas, mon chaton ?

— Je ne suis pas à toi, et je suis bien certaine que je ne vais pas rester dans ce palais de fous avec toi et tes frères.

En dépit de mes paroles, mon corps ronronne de sa proximité. Ce dernier me trahit lorsqu'il s'agit de ce crétin, mes lèvres picotent encore de son baiser précédent.

Son souffle balaie mon visage, et même si j'ai envie de dire qu'il empeste, j'aime son odeur. Boisée, terreuse, sexy.

– Je te déteste.

Il sourit. Apparemment, mes paroles l'excitent.

– Tu n'es pas à Luther non plus, et où iras-tu ? Ce n'est pas facile de se déplacer entre les royaumes sans magie. Tu es bloquée dans notre Royaume Errant désormais.

– Je trouverai un moyen de rentrer, affirmé-je en faisant saillir ma mâchoire.

Il presse sa bouche contre mon oreille.

– C'est tellement humain de ta part.

Je me raidis.

– Qu'est-ce que ça veut dire ?

Ses yeux verts se tournent vers les miens, le désir s'y approfondit. Ses lèvres se collent aux miennes trop vite pour que je puisse réagir, et il mord ma lèvre inférieure, ses dents entaillant la chair.

– Aïe !

Je le repousse, mes mains sur sa poitrine, mais il ne bouge pas, il reste là, dur comme un roc, léchant le filet de sang sur sa bouche.

Je touche mes lèvres et mes doigts reviennent ensanglantés.

– Qu'est-ce que tu as fait ?

Ses doigts glissent sur mon épaule, son contact me noie, trouble mes pensées, et je reste appuyée sur lui en essayant de reprendre le contrôle de mes émotions vacillantes.

Il presse son visage contre mon cou, inspirant, goûtant. Je frémis sous lui, sa douceur me fait frissonner d'un nouveau genre d'excitation. Je devrais l'arrêter, le repousser, mais je n'y arrive pas. Quelque chose effleure mon esprit, léger comme une plume, avant de s'éloigner.

Ses dents sont dans mon cou, une piqûre rapide et électrisante.

La brume trouble mon esprit. Tout s'efface sauf Deimos et moi. Me concentrer sur apaiser ma respiration ne fait rien pour calmer mon cœur tonitruant. L'excitation tremble le long de ma colonne vertébrale, des doigts invisibles glissent sur mon dos et plus bas encore.

Une ombre traverse la pièce, me tirant de mon état de torpeur.

– Putain, mais qu'est-ce que tu fais ? grogne Luther.

Deimos se détache de moi. Son rire est hypnotique. Il essuie sa bouche ensanglantée avec le dos de sa main, ses yeux me dévorent, m'appelant comme je ne l'ai jamais ressenti.

– Elle est exquise, mon frère. Tellement plus que ce que nous aurions pu prévoir. Tu as eu raison de nous la ramener.

– Tu ne peux ni la toucher ni la marquer. Putain, Deimos ! siffle Luther.

Je me réveille en sursaut, les yeux grand ouverts. Je me redresse dans le lit, la nuque mouillée de sueur. Rêves et réalité se confondent. Je suis assise là, et cette vision met mon monde à l'envers car je me souviens de ce moment dans le royaume. Il me revient de façon claire et nette. Ce n'est qu'un laps de temps, ce qui vient avant et après reste enveloppé d'ombres.

Empoignant les draps sur mes genoux, je commence à me rappeler Deimos lors de notre première rencontre. Ses mots cruels. Son flirt sournois. Et cet idiot m'a *mordue*.

Le lit est vide à côté de moi. Confuse, je fronce les sourcils et porte mon regard sur la porte ouverte de la salle de bains.

Comme par magie, le diable apparaît, ne portant qu'un pantalon noir qui tombe bas sur ses hanches. Alors qu'il se tient là, presque nu, ma détermination à m'échapper se dissout en une flaque d'eau en sa présence. Ce n'est pas juste.

Son physique n'est pas équitable. Pas ces muscles puissants, ses biceps, ses abdominaux bien dessinés qui retiennent mon attention bien trop longtemps. Mon corps ronronne, et j'ai l'impression d'avoir oublié ce à quoi je pensais il y a un instant. Je n'arrive pas à détacher mon regard de sa silhouette forte et dure, des quelques poils clairs qui traînent sous son nombril et disparaissent sous son pantalon.

– Tu as bien dormi ?

Il s'appuie d'une épaule contre le cadre de la porte, et je me mets à respirer plus fort.

– Très bien, couiné-je avant de me racler la gorge.

Je me maudis de m'être endormie alors que j'avais prévu de me lever et de partir. Apparemment, je suis incapable de me contrôler en sa présence, enfin, pas alors qu'il est l'image de la perfection. Et après ma vision de cette nuit, je ne suis pas si prompte à échapper à Deimos. Si nous nous sommes déjà rencontrés, alors quels secrets me cache-t-il ? Pourquoi mes souvenirs ne sont-ils plus là ? Il en sait bien plus qu'il ne le dit, et j'ai bien l'intention de le découvrir.

Ma gorge s'assèche lorsqu'il entre dans la pièce, avec un sourire en coin qui devient narquois. Il m'étudie et voit exactement l'effet qu'il a sur moi, car je suis nulle au poker. Mes émotions s'étalent sur mon visage, et comme une idiote, je bave devant lui.

Je me débarrasse de ces pensées.

– J'ai fait un rêve la nuit dernière, commencé-je.

– Tu pourras me parler de ton fantasme plus tard.

Il me rejette d'un geste de la main.

– *Pardon ?* Ce n'était pas un *fantasme*. C'était un rêve où tu te comportais comme un con.

Il ignore le commentaire. Il paraît distrait.

– Il faut qu'on parte, annonce-t-il. Mets tes chaussures.

Je détourne mon regard de lui et sors du lit, trouve mes talons aiguilles et les contemple. Comme j'aimerais avoir des chaussures plates en ce moment ! Mes pieds palpitent de douleur rien qu'à la vue de ces chaussures. Je les pose sur le lit pour l'instant, puis gagne la salle de bains. Mon estomac gargouille de faim.

Un cri strident vient de quelque part dehors, perçant et angoissant. Je sursaute et tourne la tête vers Deimos. À la fenêtre, il écarte les rideaux et scrute l'extérieur, où le soleil levant strie le ciel de rouge et d'orange.

– Qu'est-ce que c'est ? C'est une de ces choses ?

– Prépare-toi vite, ordonne-t-il d'un ton teinté de peur. Je reviens de suite.

– Non, ne pars pas ! crié-je, mais il est déjà en train de refermer la porte derrière lui.

La peur tambourine dans ma poitrine, se change rapidement en tempête. J'ai toujours essayé d'être forte, d'être prudente, mais de faire tout ce qu'il fallait pour survivre. Ma mère d'accueil a toujours dit que j'avais un fort instinct de conservation, et je suis d'accord. Mais l'impression d'être traquée est comme une lame dans mes tripes qui ne cesse de se retourner. Et en cet instant, je me sens impuissante.

Je me précipite dans la salle de bains, et le temps que je finisse et que je ferme mon jean de mes doigts tremblants, ma panique est à son comble. Je me colle contre le mur près du lit et fixe la fenêtre. J'essaie de ralentir ma respiration, de ne pas faire le moindre bruit.

Deimos n'est pas revenu. Il n'y a aucune trace des clés de voiture… Bien sûr, elles doivent être dans sa poche. Donc je ne peux pas voler sa voiture. Qu'est-ce que je suis censée faire ?

Pantelante, j'imagine Deimos allongé quelque part en train de mourir, pendant que ces harceleurs viennent me chercher.

Dehors, le balcon grince faiblement. Mon équilibre est ébranlé par ce bruit, et je trébuche. Je ne vais pas m'effondrer de peur. Pas question.

Je scrute la pièce en quête d'une arme, mais le seul couvert que je trouve avec les restes d'hier soir est une fourchette en plastique jetable. Je l'attrape quand même et écarte légèrement les rideaux pour regarder par la fenêtre. Je ne vois que l'autoroute. Pas une voiture en vue. Qu'est-ce que je suis censée faire ? Rester assis ici et attendre que ces crapules me trouvent ? Au pire, je peux faire savoir à M. Peppers à la réception que quelque chose se trame, et lui demander d'appeler les flics. D'après mon rêve, je sais que j'ai déjà vu Deimos, je me souviens de notre conversation. Et il m'a sauvé de ces crapules, alors je veux croire qu'il me dit la vérité.

Un coup d'œil sur ces escarpins. Je ne peux pas me résoudre à les porter pour l'instant et à endurer leur torture atroce.

Pieds nus, je me glisse vers la porte, et ma main tremble furieusement quand je saisis la poignée. Au ralenti, je l'ouvre et lance un regard de gauche à droite.

Tout est dégagé.

Accroupie dans l'embrasure de la porte, je me débats entre rester et partir. Deimos m'a dit d'attendre, mais il est parti depuis trop longtemps. Peut-être que je le trouverai quelque part dehors.

Serrant la fourchette dans ma main, je me faufile à gauche pour sortir. *S'il vous plaît, que je ne tombe pas sur ces harceleurs, par pitié.* Le silence est presque assourdissant.

À l'avant du motel, il n'y a pas âme qui vive. La porte de la réception bat dans la brise. Je me précipite à l'intérieur, mais il n'y a personne.

– Il y a quelqu'un ? murmuré-je.

Personne ne répond ni ne sort par la porte arrière fermée. Je me rapproche et retiens mon souffle en appuyant sur la poignée, me disant que je plaiderai l'ignorance si M. Peppers se fâche. Sauf que c'est verrouillé.

J'expire lourdement. Mes nerfs sont à vif et la sueur perle à mon cou. Je frappe légèrement en serrant les dents, j'attends en fixant la porte. *Allez, allez.*

Le moindre espoir auquel je me raccrochais est réduit à néant en quelques secondes. Je cherche un téléphone à la réception, mais il n'y a rien. Pas d'ordinateur non plus. Un éclat attire mon attention sur un coupe-papier en argent. Je jette la fourchette et saisis la lame émoussée sur le bureau.

Sur la pointe des pieds, je retourne dehors, et le malaise me prend aux tripes. Les arbres qui flanquent le motel se balancent dans le vent, et un oiseau chante quelque part au loin. Le ciel du matin a pris une teinte orangée.

Je reporte mon regard sur l'autoroute qui longe le motel. Aucune voiture n'est passée depuis notre arrivée. Il n'y a pas de maisons ici, rien que cet endroit solitaire et des arbres dans toutes les directions.

Je déteste l'atmosphère apocalyptique de ce lieu, la *disparition* de Deimos, et où est donc passé M. Peppers ? Le péril me hérisse les poils, il faut que je trouve Deimos et que je parte d'ici avec lui.

Sans réfléchir, j'empreinte l'allée qui mène à l'arrière du bâtiment.

La Lamborghini est toujours là, c'est déjà ça. Il n'est pas parti sans moi.

J'aimerais savoir ce qui se passe.

Il y a une étrange énergie dans l'air aujourd'hui. Je me retourne pour regagner la chambre, quand un hurlement tonitruant retentit. Le cri me parvient depuis les bois derrière le motel.

Je me fige, le gravier glacé sous mes pieds nus. Les feuilles bruissent et les ombres dansent dans la forêt devant moi. Mon cœur tambourine à toute vitesse. Je ne pense plus qu'à Deimos en danger.

Fureur et terreur jaillissent à la surface, créant une onde de glace le long de ma colonne vertébrale. Je commence à m'éloigner, mais je m'arrête et regarde l'arme argentée serrée fort dans ma main, mes jointures blanchies. Deimos pourrait avoir besoin de mon aide.

J'inspire en tremblant et avance une jambe devant l'autre, puis de nouveau jusqu'à ce que j'atteigne l'orée du bois. Je n'ai qu'une envie, c'est de me retourner et de courir jusqu'à la chambre, mais ensuite quoi ? Attendre et, si Deimos ne revient pas, repartir à sa recherche ? Il est peut-être déjà trop tard pour lui venir en aide… Je ne suis pas certaine qu'un coupe-papier puisse faire la différence, mais je dois essayer.

Dans les bois, la terre est plus rude sous mes pieds, et chaque pas me fait grimacer de douleur.

Devant moi, il y a du mouvement. Au moins une personne, peut-être deux ou trois. Mon cœur s'emballe et la terreur me transperce comme une lame. Leurs voix murmurent quelque part devant, des voix furieuses, et je plisse les yeux pour mieux voir, refusant de bouger.

Est-ce que Deimos est avec eux ? Je déglutis et avance d'un pas. *Je vous en prie, ne me laissez pas prendre la pire décision de ma vie.*

À pas prudents pour ne pas faire de bruit, je me rapproche, les oreilles dressées.

Je me cache derrière un énorme arbre noueux et m'adosse au tronc. Mon souffle s'accélère. Pourquoi ai-je pensé que c'était une bonne idée ? J'aurais dû frapper à la porte de M. Pepper, ou la défoncer, trouver un téléphone et appeler les flics.

En l'espace d'un souffle, un grondement guttural, noyé dans la douleur, retentit dans les bois. Ma gorge veut émettre un gémissement, que je ravale.

Je jette un coup d'œil hors de ma cachette.

Ces deux foutus harceleurs sont là, et mon cœur cogne contre ma cage thoracique à l'idée qu'ils m'ont suivi jusqu'ici.

Ils te suivent à la trace grâce à ton odeur. Les paroles de Deimos tournent dans mon esprit. Il disait la vérité.

Deimos titube devant eux, des coupures zèbrent ses bras et sa poitrine. La fureur déforme ses traits. Ses vêtements sont maculés de sang, et une autre blessure saigne sous un œil.

Son cou est lacéré d'incisions, le sang coule dans sa veste. Il est dans un état lamentable, il perd beaucoup de sang. Il va se faire tuer.

Je tremble de le voir comme ça, mon cœur s'emballe devant son état.

Mais il ne recule pas, il tient bon, les mains serrées, les yeux étrécis. Il se battra jusqu'au bout, mais il voit sa mort. C'est là dans son regard hanté.

Les deux maudits de sang se jettent sur lui, leurs pieds martelant le sol dans leur précipitation, soulevant des détritus.

Deimos est projeté au loin, sa tête heurte le sol avec un bruit sourd et écœurant. Je grimace quand il grogne de douleur. Les monstres se jettent sur lui, lui assénant coup sur coup au visage et à la poitrine. Ils vont le tuer, et mon corps est secoué de tremblements.

Les muscles tendus, je me rue en avant, resserrant ma prise sur le coupe-papier.

Le harceleur aux yeux presque noirs grogne, la tête renversée en arrière.

De là où je suis, ses crocs sont bien visibles.

J'ai envie de crier, de leur dire d'aller se faire voir, tout sauf de les approcher.

Sauf que la colère refait surface en moi, bouillonnant comme une explosion sur le point de retentir. Je cours vers eux sans même y réfléchir. Le coupe-papier levé dans mon poing, je suis sur lui en quelques secondes.

Il se tourne vers moi quand j'attaque. Ses yeux rougeoyants clignent dans ma direction. L'élan me fait plonger sur lui, l'arme en avant. Ses pupilles sombres s'élargissent et il commence à reculer, mais il est trop lent.

L'argent brille dans la lumière du soleil alors que je plonge l'arme dans son dos. Déchirant la chemise et la chair, la lame émoussée s'enfonce dans son dos comme du beurre.

Il rugit et se cambre en arrière. Des volutes noires s'échappent de sa blessure. Son dos réagit à l'argent, on dirait qu'il fume. Je recule précipitamment, mais il hurle et trébuche en s'agrippant au coupe-papier enfoncé dans sa chair. Ses bras se balancent frénétiquement, et l'un d'eux me frappe à la tête d'un revers.

Je suis projetée au sol, ma vision vacille.

J'entends un bruissement quand Deimos se relève

d'un bond du sol de la forêt, et une bagarre éclate quand l'autre harceleur crapahute vers moi.

J'essaie de me redresser, mais ce salaud est trop rapide et se jette sur moi. Nous nous affalons par terre, moi sous lui.

Des crocs.

C'est tout ce que je vois.

Des incisives longues et pointues dégoulinant de salive. Il me siffle au visage.

Je balance mes poings dans sa mâchoire, je griffe et je tire sur ses cheveux, mais il ne s'arrête pas.

La gueule de la bête s'ouvre en grand, ses doigts puissants poussent mon menton vers le haut, exposant mon cou.

Je hurle et me débats contre lui. Je ne peux plus respirer.

– Tu aurais dû mourir il y a longtemps, pétasse.

La mort. C'est ce que je vois venir. Je déteste avoir l'air pathétique, ces larmes qui me brouillent déjà la vue, je ne pense qu'à ma famille d'accueil et à Nickie, et à combien ils vont pleurer à mon enterrement. Ces pensées stupides et douloureuses m'envahissent.

Sa main se glisse entre nous, et il tire sur mon jean.

Je le déteste, je hais ce tas de merde. Je représente si peu pour lui qu'il me violerait et me tuerait en même temps.

Je racle mes ongles sur le côté de son visage.

Ses lèvres s'approchent de mon cou, ses dents griffent ma peau.

Je suis paralysée.

En une fraction de seconde, il s'envole de moi et

percute un arbre avant de s'écrouler au sol comme un sac.

Deimos se tient devant moi, sanguinolent, mon foutu héros.

– Ne bouge pas.

En grognant, il arrache du sol une branche épaisse dont l'extrémité est naturellement pointue.

Il se jette sur le harceleur et le saisit à la gorge. De l'autre main, il enfonce férocement le pieu dans son ventre et le cloue à l'arbre. Lâchant le cou du monstre, il s'empare de la branche à deux mains et l'enfonce encore plus profondément. Je n'ose même pas imaginer la force qu'il lui faut pour faire ça.

Les bras tremblants, il recule.

La bête hurle de douleur, du sang coule de sa blessure. C'est horrible et cruel, et la créature se tortille encore, mais ils étaient sur le point de nous tuer tous les deux.

Deimos rattrape la créature aux yeux noirs qui s'est éloignée en titubant, cherchant toujours à retirer la lame d'argent enfoncée dans son dos. En peu de temps, Deimos attache les deux monstres à des arbres différents. Le sang se répand sur les feuilles comme une peinture rouge vif. Cela ne semble pas réel.

Mais je suis incapable de détourner le regard, je veux que ces harceleurs souffrent pour ce qu'ils ont failli nous prendre. Nos vies.

Je tremble de tous mes membres, et des étoiles dansent encore dans ma vision. La rage se mêle encore à la terreur.

Ils ont failli nous tuer.

Deimos se précipite vers moi, me prend par le coude et nous conduit hors des bois à grandes enjambées. Mes pieds nus hurlent de douleur à chaque fois que je marche sur quelque chose de pointu.

Je me débats, je sais qu'il est furieux. Il me traîne jusqu'à la Lamborghini, puis me serre contre lui. Poitrine contre poitrine.

Par instinct, ma main s'élève entre nous et touche sa poitrine. Il est en feu, ma main brûle à ce contact.

Je tremble si fort que je serre les poings.

– Ils auraient pu te tuer.

– Je t'avais dit de rester dans la chambre, me réprimande-t-il.

– D'accord. Et si j'avais obéi à ton ordre stupide, tu serais mort. Alors quoi ?

– Sortir de là aurait pu te faire tuer, rugit-il, les joues rougies par la colère. (Ses doigts enserrent trop fort mes bras tandis qu'il me tient tout près de lui.) J'ai bien envie de te donner une fessée pour avoir agi de la sorte.

Nous nous dévisageons, et le feu brûlant dans ma poitrine explose. Tout ce que je vois, ce sont ses lèvres pleines, son regard noyé de désir.

– Lâche-moi ! hurlé-je.

Au lieu de ça, il se rapproche, et mon corps réagit instantanément. Nos bouches se heurtent, notre baiser est primitif et chaotique. Des dents, des lèvres, des mains partout. Je fourre mes doigts dans ses cheveux, les empoigne, le tire à moi. Je mords sa lèvre, le sang doux et métallique s'attarde sur ma langue. Mes mains saisissent son col, et je le serre contre moi. J'ai rêvé de l'embrasser depuis que je l'ai vu dans le bar, et voilà que ça arrive.

Je le déteste peut-être, mais je le désire encore plus.

Ses mains puissantes agrippent mes hanches, il me prend dans ses bras et me soulève si vite que je suis prise au dépourvu. Je resserre mes jambes autour de ses hanches et il me plaque contre le côté de la voiture, m'embrassant avec une faim de loup.

La bosse dans son pantalon est dure comme de la pierre, et il la fait glisser entre mes cuisses, se frottant à moi. La friction me fait fondre en un feu liquide, et je me perds dans cette sensation.

Il gémit gravement au moment où sa main se pose sur ma poitrine, ses doigts pinçant un téton.

Je halète à son contact, aussitôt trempée.

Je me noie sous lui, je ne sais pas vraiment qui je suis à ce moment-là, mais je me sens clairement comme une femme prête à mourir pour l'avoir. J'oublie tout des harceleurs, des faë, de mes souvenirs perdus.

Je souffle dans sa bouche :

— Je te veux, et j'entends le grondement dans sa poitrine, le désir animal qui m'envahit aussi.

Il s'accroche à ma chemise, la tire de mes épaules et retrouve mes lèvres. Je respire frénétiquement.

— Tu veux que je te comble ?

Je hoche la tête, mon souffle est si rapide que je ne peux pas me fier à ma voix.

Sa langue plonge dans ma bouche tandis que sa main glisse sous ma chemise.

Je ne bouge pas à ce contact.

Il déchire mon soutien-gorge et ses doigts pincent

mon mamelon érigé, le pressent. Un gémissement s'échappe de mes lèvres alors qu'il tire sur ma chair en se frottant contre moi.

Bon sang, je vais exploser.

Il me pousse et me pousse encore, me dévore.

– Tu es à moi, intime-t-il.

Sur ces mots, je m'enflamme. Je perds tout contrôle, et je frémis contre lui. Tout près, on entend un gémissement de métal qui se déforme, mais je suis trop perdue pour comprendre ce que c'est. Je laisse échapper un gémissement plaintif et je convulse dans l'euphorie qui palpite dans mon corps. L'orgasme arrive si vite, si brutalement, que le monde se met à vaciller. La jouissance me déchire, mon ventre se contracte.

Deimos me mord l'épaule et en déchire la peau.

Je crie de plaisir douloureux.

Le parking autour de nous se met soudain à onduler et se dérobe, la Lamborghini aux portières déformées me fait sursauter, car c'est le bruit que j'ai entendu. Puis elle disparaît en un éclair.

Les ténèbres nous enveloppent, se referment en un clin d'œil.

Un vent vicieux nous gifle tandis qu'un hurlement au loin déchire l'air.

Nous nous séparons, essoufflés, et nous trébuchons tous les deux dans une forêt faiblement éclairée. Mais quand je me retourne pour regarder derrière moi, je titube sous le choc.

Le motel et la lumière du jour ont disparu.

Un énorme mur de château se dresse derrière nous.

La nuit tombante recouvre la terre, et au-dessus de nous, deux pleines lunes descendent des cieux.

J'ai envie de courir, de me sauver, et il me faut toute ma volonté pour ne pas crier.

La confusion m'envahit, et un sentiment d'effroi me submerge.

– Qu'est-ce que tu as fait ? Ma voix tremble.

– C'est toi, mon chaton.

CHAPITRE 9

GUEN

— C'est quoi ce bordel ?

Tremblante, je m'entoure de mes bras. Je ne peux que fixer, les yeux écarquillés, le château de pierre qui nous domine. Un maudit château comportant des fenêtres cintrées en haut, des tourelles et des créneaux. Pas de portes nulle part.

— Où sommes-nous ? marmonné-je, mais au fond de mon esprit, les mots *Royaume Errant* envahissent mes pensées.

Je sais où je suis d'après les bribes de mémoire qui me reviennent, d'après ce que Deimos m'a raconté… Et la chair de poule se propage sur ma peau.

Mais savoir et croire sont deux choses très différentes. Et je ne peux pas nier ce que mes yeux voient en ce moment.

— Merde, grogne Deimos.

Son apparence humaine a disparu. Il se tient ici à côté de moi dans toute sa gloire faë. Ses longs cheveux blancs battent dans le vent contre son dos, ses yeux verts frappants se plissent et un rictus se dessine sur son visage.

– Il fallait que tu nous amènes ici.

Je me raidis.

– Est-ce que c'est ton royaume ?

La forêt dense toute proche frémit dans le vent, et je sursaute, m'attendant à moitié à ce que quelque chose bondisse sur nous. Mes cheveux blonds retombent sur mes épaules et mon visage à cause du vent. Mon cœur s'emballe, mon cerveau essaie de le rattraper, mais échoue lamentablement.

Ma peau picote et se hérisse tandis qu'une vague de chaleur me traverse en vagues ondulantes. La sensation va et vient, comme de l'électricité statique, faisant dresser les poils sur mes bras. L'air froid qui me cingle en rafales ne réussit pas à me rafraîchir.

Le royaume de mes rêves, le palais d'où viennent les princes… C'est ici que nous sommes. Et pourtant, le trou dans mes souvenirs s'étend tel un abîme noir.

– Nous devons partir maintenant. (Il m'attrape la main, et nous filons au pas de course.) Nous sommes dans cette satanée Cour des Cendres.

Un grognement résonne dans sa poitrine, il est furieux, et il marmonne des choses que je n'entends pas.

Ses pas martèlent le sol, et je vole pratiquement derrière lui vu la vitesse à laquelle il me tire. Sa prise me pince le bras si fort que je grimace.

– Tu me fais mal !

Je lui résiste, mais il me traîne jusqu'à l'ombre d'un énorme chêne, dont les feuilles brillantes couleur bronze scintillent au clair de lune.

Nous nous arrêtons, et je peine à reprendre mon souffle.

– Écoute-moi, murmure-t-il d'une voix précipitée. Ici c'est la Cour des Cendres, la maison des faë Unseelie. S'ils nous trouvent sur leurs terres, ils nous tueront de la manière la plus douloureuse qui soit. As-tu envie de mourir aujourd'hui ?

Ses paroles sinistres me font trembler, et je vois la peur dans ses yeux écarquillés, ses pupilles dilatées qui observent constamment ce qui nous entoure. Et je repense à ce que le maudit de sang m'avait dit dans l'ascenseur : *Le Roi de la Cour des Cendres t'a convoquée.*

Je respire difficilement, et mes mots ne viennent pas, alors je secoue la tête. Entendre la peur dans la voix de Deimos ne me donne pas davantage envie de rencontrer ce roi.

– Bien. Alors nous courons aussi vite que possible, et quoi qu'il arrive, tu ne t'arrêtes pas. Si je prends du retard, tu ne t'arrêtes pas. Si je meurs, tu ne t'arrêtes pas. Tu cours jusqu'à ce que tu atteignes la clôture et tu passes par-dessus. Puis tu vas vers le nord. Tu m'entends ?

Ses mains pressent mes bras, ses doigts se referment sur la chair. Il est terrifié. Je ne l'ai jamais vu comme ça, même quand il affrontait ces deux harceleurs.

– Tu me fais peur.

La sueur coule dans mon dos maintenant, et je n'ai aucune idée d'où se trouve le nord.

– Tu dois avoir peur. Les Unseelie sont impitoyables et malveillants, ce sont les plus sombres des faë. Nous sommes leurs ennemis.

Il y a deux royaumes : la Cour des Ombres et la Cour des Cendres. Des ennemis jurés, depuis aussi longtemps que je me souvienne.

Je ne connais même pas ces faë, mais il les classe comme mes ennemis.

– N'êtes-vous pas tous des faë ?

Les mots s'échappent de mes lèvres tandis que la tension monte en moi.

– Il y a deux faces à une même pièce.

Il jette un coup d'œil par-dessus son épaule.

La terreur s'infiltre dans ma poitrine comme un fil barbelé. Je ne connais pas cet endroit, mais quelqu'un veut me tuer.

– Je n'ai pas peur.

Je suis une piètre menteuse, mais je veux le convaincre pour qu'il ne me voie pas comme une incapable.

Pantelante, je fixe toujours le château derrière nous. Et l'ombre projetée par le haut bâtiment. Je retiens mes larmes, ne supportant pas d'avoir si peur, de ne pas pouvoir contrôler mes émotions. Je ne veux pas que Deimos me voie pleurer et paniquer. Même si mon pouls fait rage comme un torrent sauvage dans mes veines.

– Allons-y, ordonne-t-il.

Je frémis à peine à son injonction, mais à l'intérieur, je tremble.

Il se met en marche, sa main crispée sur la mienne, la peur inondant son regard.

Nous courons à travers un champ, mes pieds nus frappant l'herbe et la terre molle. Plus nous mettons de distance entre nous et le château, plus la forêt se fait dense.

Je me suis promis d'essayer d'être normale et de rester dans le monde réel. De ne plus perdre le contrôle de mes émotions.

Puis Deimos est arrivé, et cette journée est pourrie au-delà des mots. Même le foyer d'accueil, où les autres enfants me battaient, volaient mes affaires et me coupaient les cheveux pendant que je dormais, ne m'a pas fait peur à ce point. Mon cœur est en train de se déchirer, résultat de ce sentiment qui me râpe la poitrine. Et qui me dit que tout ça n'est pas dans mon imagination, mais réel.

Que je suis une faë.

Que ma place est ici.

Un sentiment de déjà vu me frappe, comme si j'étais déjà venue ici auparavant.

Je n'ai aucune idée de ce qui se passe réellement, mais je cours pour sauver ma vie. Je ne sais toujours pas comment mon retour ici peut sauver deux royaumes en guerre. Cela n'a rien à voir avec moi.

Des ombres se déplacent autour de nous, mais je ne regarde pas. Je ne peux pas, sinon je vais laisser la terreur me dérober le peu de contrôle auquel je m'accroche.

L'adrénaline se rue dans mes veines et mes poumons se déchirent à chaque respiration.

Deimos ne cessait de parler d'un portail, et je n'ai jamais compris. J'ignore comment, mais nous l'avons traversé pendant que je recevais le meilleur baiser de ma vie. Allez comprendre.

Des montagnes s'élèvent au loin, aux sommets blancs de neige.

– Par ici.

Deimos me fait dévier sur la gauche en direction des bois.

Je jette un œil derrière moi en direction du château, vers les ombres qui balaient le terrain comme des silhouettes qui nous suivent. Une lumière vacillante s'allume à l'une des fenêtres cintrées.

Je m'enfonce dans les bois en un clin d'œil, mes pieds nus butant sur les branches mortes et le feuillage. Mes plantes de pieds hurlent de souffrance à cause des trucs pointus sur lesquels je marche, mais Deimos ne me laisse pas m'arrêter. Il va si vite que je pourrais bientôt voler derrière lui.

Nous nous ruons hors des bois et débouchons dans une petite clairière. À quelques mètres de là se dresse un mur de pierre haut de trois mètres qui se déploie de chaque côté.

– Monte sur mes épaules, m'ordonne-t-il, déjà accroupi. Dépêche-toi.

Je respire difficilement, et je n'ai pas le temps de réfléchir à tout ça. Un vent froid me cingle le dos tandis que je grimpe rapidement, mes mains à plat sur le mur de pierre glacé pour m'équilibrer.

Deimos se déplace et se relève lentement, les mains serrées sur mes chevilles.

Je chancelle, déséquilibrée, manque tomber sur le côté. J'ai le cœur au bord des lèvres, mais je plante mes doigts dans les rainures des pierres et me maintiens en place.

Mes mains atteignent le sommet du mur, mes doigts s'agrippent à la petite arête qui dépasse. Mon cœur galope à mille à l'heure. Je m'accroche au mur comme un singe, baignée de sueur malgré le froid.

– Vite, grimpe et saute.

Je me soulève, mais j'ai les bras qui tremblent. Je n'ai pas la force de me hisser depuis cet angle.

– Je ne peux pas, soufflé-je.

L'instant d'après, Deimos m'attrape les chevilles et me pousse vers le haut.

La nourriture dans mon estomac tourbillonne, et je lutte pour me hisser. Je balance une jambe par-dessus le mur et regarde de l'autre côté. De l'herbe sèche et brune qui descend en pente vers une rivière en contrebas. Au-delà s'étend une forêt hirsute et dépenaillée qui me donne des frissons. La terre de ce côté n'a pas de feuilles scintillantes ni de pelouse parfaite, et ressemble plutôt à une forêt hantée.

– Saute par-dessus, m'intime Deimos.

– Et toi ?

Je regarde de son côté, mais il est déjà en train d'escalader le mur avec une parfaite aisance. Je me cramponne au faîte du mur comme si ma vie en dépendait et je regarde le château par-dessus la cime des arbres. Il brille d'une teinte presque dorée sous l'éclat des deux lunes. C'est spectaculaire, et le bourdonnement précédent sur ma peau s'intensifie.

Deimos m'attrape par le col de ma chemise et me soulève comme si j'étais un chat errant qu'il avait trouvé dans la rue. Il me serre contre lui et saute à terre avec moi dans ses pattes.

J'ai envie de crier, mais je refoule la panique.

Nous touchons le sol durement et je tombe à genoux, lâchant un grognement.

– On y va.

Il m'attrape le bras et me fait dévaler la colline. J'ai envie de m'arrêter et de reprendre mon souffle, de soulager la douleur dans mes cuisses, de calmer mon cœur qui s'emballe avant qu'il n'explose dans ma poitrine.

Nous nous arrêtons enfin, et je m'affale contre un arbre tandis que la douleur se propage dans mon corps. Je peux à peine sentir mes jambes, hormis le pouls qui bat, l'élancement des muscles tendus. Je ne peux plus respirer régulièrement.

– Où est-ce qu'on va ?

– Chut, me lance-t-il, sourcils froncés. Pas un bruit.

Tant de questions se bousculent dans mon esprit, comme la raison pour laquelle les deux cours se détestent. Mais plus que tout, j'aimerais avoir mon téléphone pour chercher les faë sur Google et comprendre exactement ce que *Seelie* et *Unseelie* signifient. Il y a une raison derrière chaque conflit, chaque guerre. Ajoutez-y le pouvoir et le chaos éclatera, alors ces faë se battent-ils pour la politique, pour le pouvoir sur la terre ?

Deimos est aussi silencieux que la nuit, il ne cherche pas son souffle comme moi, il examine les bois sombres qui nous entourent. Il me protège depuis le début, et même à présent, je lui fais confiance pour faire de même. Ce qui m'inquiète, c'est de savoir où nous allons, et ce que cela signifie pour moi. Mon instinct me dit que je ne suis pas près de rentrer chez moi.

Deimos se précipite soudain vers moi, et son visage blêmit. L'effroi me frappe en pleine poitrine... Je connais ce regard. Il signifie que quelque chose de terrible va se produire.

Je commence à reculer, mais il m'attrape le bras et me pousse derrière l'arbre.

Le vent me fouette mon dos, projette mes cheveux sur mon visage.

Et en un instant, Deimos m'est arraché et disparaît de ma vue.

Je trébuche sous le choc, et je me plaque une main sur la bouche pour ne pas crier.

La sueur me pique la nuque. Je pivote sur mes talons, le dos coincé contre l'arbre. Je n'ai aucune idée de ce qui m'attend, et la terreur se répand en palpitant dans mes veines.

Je ne vois plus Deimos.

Garder mon sang-froid m'est impossible.

Un hurlement s'échappe de mes lèvres.

Les ténèbres bougent, et une ombre se jette sur moi.

Mes genoux se dérobent sous moi tandis que ma vie défile devant mes yeux.

Une silhouette se précipite vers moi depuis l'ombre de la forêt, et je me fige de terreur.

L'adrénaline bouillonne en moi, renforçant mon instinct.

Il faut que je bouge, que je m'échappe.

Je pivote sur mes talons et me mets à courir. Mes pieds martèlent le sol de la forêt aussi vite qu'ils le peuvent. L'air entre et sort frénétiquement de mes poumons. Les branches frappent mes cheveux et mon visage, mais je ne m'arrête pas. Je m'en moque.

La panique me saisit, engourdissant mon cerveau. Ce sont les harceleurs. Ils m'ont traquée.

Une grande main saisit le col de ma chemise et me tire en arrière.

Je hurle en m'affalant sur le dos.

Un homme me dévisage et me tend la main. Ses cheveux noirs parsemés d'argent sont coupés court avec une raie sur le côté. Il a une courte barbe blanche, et ses yeux sont d'une douceur qui me trouble.

Je roule dans la direction opposée et me lève d'un bond en reculant.

– Qui êtes-vous ? balancé-je. Êtes-vous l'un d'eux ? Un maudit de sang ?

L'homme avec une balafre cicatrisée sur le côté du visage se moque de moi, et je le déteste aussitôt. Il porte un pourpoint de cuir noir, lacé sur le devant jusqu'au cou. Une ceinture épaisse entoure sa taille ses hanches portent chacune le fourreau d'une lame. Il a un air menaçant… un guerrier qui me fait déglutir avec peine.

– Vous n'êtes pas d'ici, n'est-ce pas ? demande-t-il d'une voix rauque.

Son regard plonge sur ma poitrine et plus bas, puis sur mes pieds nus. Mes orteils se recroquevillent, l'herbe et la terre s'écrasent entre eux.

Il s'approche pour que la lumière de la lune éclaire son visage, révélant un homme âgé, peut-être dans les cinquante ou soixante ans. Ses oreilles pointues attirent mon attention. Elles ne sont pas super longues… mais ce sont des oreilles de faë. Les mots de Deimos me reviennent à l'esprit à propos de certaines lignées familiales ayant de longues oreilles.

Je cligne des yeux.

– Maître du Gibier, Gabel Wulfe. (Il me tend la main.) Venez. Il faut quitter les bois.

– Ne me touchez pas, lui lancé-je en m'écartant, le souffle court. Où est Deimos ?

Les bois sombres ne révèlent rien, et tout ce que je ressens, ce sont les vagues de peur qui déferlent sur mon corps.

Une ombre s'agite sur ma droite, dans la direction opposée à celle d'où je viens.

Les buissons tremblent férocement, me coupant le souffle.

Gabel ne sourcille pas, et sous son regard, je ne sais plus où me mettre.

— De quelle cour venez-vous, belle dame ?

Les feuilles et les branches des arbustes s'agitent, et mon cœur est sur le point d'exploser.

— Deimos, ça a intérêt à être toi !

Un grognement venu de l'obscurité tremble dans le vent.

Mon esprit se noie dans les images d'une bête sur le point de nous attaquer. Je recule quand quelqu'un surgit de l'ombre si vite qu'il est flou. Il se jette sur Gabel. Les deux heurtent le sol en soufflant. Tout en poings et grognements, ils roulent l'un sur l'autre dans l'obscurité.

Je halète péniblement, je tremble de partout. Je me baisse et attrape la première chose qui me tombe sous la main : une pierre. L'envie de courir se fait sentir dans mon esprit, mais mes pieds ne bougent pas.

Dans l'enchevêtrement de membres et de grognements, des cheveux blancs se reflètent au clair des lunes.

— Deimos ? m'écrié-je, élevant subitement la voix.

Ma main se crispe autour de la pierre.

Gabel éclate d'un rire rauque en repoussant Deimos avec une grande facilité. Ce dernier se relève en grommelant. Sans un regard pour moi, il se dirige vers le vieil homme et le remet debout en le tirant par un bras.

— Vous vous connaissez ? lâché-je.

Je me retiens à grand-peine de leur lancer la pierre pour m'avoir fait une peur bleue.

Je n'ai qu'une envie, leur dire à tous d'aller se faire voir. J'en ai marre de sursauter à chaque bruit, d'avoir si peur. J'ai oublié comment réagir comme une personne normale.

Deimos se tourne vers moi en brossant la saleté et les feuilles de ses vêtements.

– Hein ? Tu as dit quelque chose ?

Il a une petite brindille et des feuilles mortes emmêlées dans ses cheveux.

Je me pince l'arête du nez, prête à lui crier dessus. Comme s'il sentait ma frustration, il enchaîne :

– Gabel est un vieil ami de la famille. Il m'a appris de bons mouvements d'embuscade quand j'étais plus jeune, comme cette cascade qu'il vient de faire. De plus, il m'emmenait chasser un peu quand il ne chassait pas avec le roi.

– Fils, je ne pense pas que tout le monde à la Cour des Ombres serait d'accord pour dire que je suis un ami de la famille.

Il met une tape dans le dos de Deimos.

Je laisse tomber la pierre que je tenais. Mon regard passe d'un homme à l'autre jusqu'à ce qu'ils se tournent tous deux vers moi. J'ai beau fixer Gabel, je ne le reconnais pas.

– Gabel, voici Gue… Gainy. Une amie de Luther. Elle n'est pas d'ici, alors attends-toi à des questions bizarres.

Il rit, et je serre les dents. Il est vraiment mauvais pour inventer des noms. En regardant la roche à mes pieds, l'idée précédente me trotte en tête.

Bon, je comprends que Deimos ne veuille pas que cet homme sache d'où je viens, mais qu'il ne me fasse pas passer pour une idiote.

– C'est un plaisir de vous rencontrer.

Gabel tend la main vers moi, et je l'accepte à contrecœur. Il attire mes phalanges vers sa bouche pour un léger baiser avant de me relâcher. Je ne m'attendais pas à ça. Je ne m'attendais pas à beaucoup des choses que j'ai vécues ces derniers jours. Mais le baiser d'un étranger me surprend.

– Toute connaissance des princes de la Cour des Ombres est une amie pour moi, avance-t-il, bien qu'il ait les yeux crispés et que la frustration se lise sur son visage. Nous devons quitter cet endroit pendant que la nuit est encore sur nous, dit-il.

Il y a quelque chose de troublant dans la façon dont il parle de la nuit. Le vent froid me glace le dos, et je suis prête à partir rapidement d'ici.

Gabel se retourne, surveillant les bois, et l'épée qu'il porte attire mon attention. Elle se trouve dans un fourreau de cuir posé en diagonale sur son dos.

Deimos est silencieux, et je me demande s'il est vraiment un ami de Gabel.

– Tu vas à la chasse ? demande finalement Deimos à Gabel en se rapprochant de moi d'une manière presque protectrice. Je suis encore furieuse qu'il m'ait fait peur, mais je sens la chaleur qui se dégage de son corps et je suis heureuse de l'avoir près de moi.

Deimos me jette un rapide coup d'œil et son regard

confirme mes craintes. L'inquiétude me picote la peau. Je ne sais pas si je dois avoir peur de la forêt ou de cet étranger armé.

Gabel se passe une main dans les cheveux encore ébouriffés par leur bagarre, les traits tirés par la lassitude. Il jette un coup d'œil par-dessus son épaule.

– J'ai des affaires personnelles à régler avec ton père le roi, murmure-t-il.

– Ce n'est pas mon père, crache Deimos. Je détestais quand tu disais ça il y a des années, et je le déteste encore plus maintenant.

– Être marié à ta mère fait de lui ton père aux yeux de la cour.

Deimos baisse un instant la tête, marmonnant sombrement à mi-voix avant de s'adresser à Gabel.

– Es-tu ici sous les ordres de la reine Sarey ? Ou bien es-tu en train de changer ton allégeance à la Cour des Cendres pour revenir à la nôtre ?

La haine dans la voix de Deimos me fait sursauter. Je ne suis peut-être pas au fait de ce qui se passe, mais je sais qu'il y a deux royaumes opposés, et les mots *Cour des Cendres* déclenchent des sonneries d'alarme dans ma tête.

Ceux de mon royaume sont pourchassés.

– Fils, tu sais pourquoi j'ai dû quitter la Cour des Ombres il y a tant d'années.

– Nous t'aurions protégé.

La voix de Deimos monte d'un ton, son corps se penche en avant, comme si son passé avec Gabel était une blessure toujours pas guérie. Le vent se lève, agite ses cheveux blancs comme une bannière sur ses épaules.

– Prince Deimos, tu me prends pour un idiot ? Penses-tu honnêtement que toi et tes frères auriez pu me sauver de la colère de ta mère ? Elle a convaincu le roi Tibout de massacrer tellement de fidèles de la précédente reine. Je n'avais d'autre choix que de partir.

– Pourquoi la Cour des Cendres ? Il y a deux autres cours plus à l'est.

Gabel ne répond pas tout de suite, mais l'obscurité se concentre sous ses yeux.

– La survie. (Il garde le menton haut, et au fond de moi, je sens qu'il dit la vérité) J'espérais faire plus de bien depuis l'intérieur des murs de l'ennemi.

Un lointain hurlement de loup me distrait. Je me mords la lèvre inférieure, me sentant vulnérable ici. Je prie pour qu'il n'y ait pas de loups monstrueux par ici. Des loups-garous ? *Ils n'existent pas, si ?*

– Est-ce la raison de ton voyage à ma cour ? s'enquiert Deimos, la posture raide, et il semble différent de l'homme que j'ai rencontré la première fois au bar. À l'époque, il avait un incroyable sex-appeal qui m'attirait. Maintenant… il me fait toujours autant d'effet, mais il y a aussi un air d'autorité en lui.

Gabel hoche vivement la tête, mais ne donne aucune indication sur le message qu'il délivre.

– Nous devons quitter cet endroit. Nous sommes trop près de la Cour des Cendres.

– Nous allons dans la même direction. Joins-toi à nous, ajoute Deimos, sa main tenant déjà mon coude.

Ce n'est pas une invitation amicale, je l'entends dans sa voix, mais plutôt pleine d'espoir de pouvoir soutirer quelques informations à l'homme qui a fait défection à la cour de l'ennemi.

– Reste près de moi, chuchote Deimos.

Il m'entraîne dans une marche rapide. Le sol est froid et dur sous mes pieds nus. Je donnerais tout pour avoir des baskets en ce moment.

Il n'y a pas de pause, et avec Gabel en tête, nous avançons en toute hâte. Deimos me serre contre lui, ce qui rend la marche plus facile, car il supporte une grande partie de mon poids.

– Quand est-ce qu'on retourne dans mon monde ? murmuré-je.

Il me fait taire et secoue la tête, puis lève les yeux sur Gabel devant nous et les ramène sur moi.

Bien sûr, plus tard, quand Gabel ne sera pas là. C'est toujours plus tard, et d'ici là, je serai peut-être mangée par les loups.

J e ne me souviens pas de la durée de notre voyage, mais je suis à bout de souffle et je ne supporte plus mes pieds. Je suis aussi presque certaine d'avoir marché sur tous les trucs pointus de cette forêt.

Mes gémissements attirent l'attention de Deimos.

– Quelque chose ne va pas ? demande-t-il.

– Je suis fatiguée.

Il lève la tête.

– Gabel, faisons une pause. Il faudrait manger.

L'homme hoche la tête et tourne à gauche, là où le

terrain descend. À la base, nous traversons un éboulis de pierres irrégulières, et nous suivons un chemin. J'ignore où nous sommes, mais la dureté du sol est atroce. Je suis sur le point de m'arracher à Deimos quand Gabel nous fait signe d'approcher. Il disparaît dans une grotte.

Oui, merci !

À l'intérieur, l'air sent le moisi, et je ne distingue rien.

Gabel ressort rapidement de la grotte, portant des bouts de bois. Au bout d'un moment, on entend le raclement frénétique du bois. Une petite flamme jaillit bientôt du milieu de la caverne. Gabel est à genoux devant un tas de branches empilées en forme de tipi.

Deimos ramasse de grosses pierres autour de la caverne et crée un cercle autour du bois.

Je reste là, ignorant tout de la méthode pour allumer un feu de camp sans allumettes. Le seul voyage de camping auquel j'ai participé était avec l'école, mais tout était préparé pour nous.

Mes yeux papillonnent vers Deimos, qui quitte la grotte et revient avec davantage de bois empilé dans ses bras.

— Je te laisse finir, dit Gabel. Je vais chasser de quoi manger.

— Merci, dit Deimos, comme s'il n'y avait pas eu une grande tension entre eux plus tôt.

Je ne me sens pas du tout à l'aise avec le fait que Gabel parte chasser comme par hasard. Je colle ma langue à mes dents, en priant pour que Deimos sache ce qu'il fait.

CHAPITRE 11
DEIMOS

ssis à côté de Guendolyn, j'étire mes longues jambes vers le feu. Ses crépitements et craquements meublent le silence. Elle surveille l'entrée de la grotte comme un faucon.

– Tu es en sécurité, dis-je.

– Et si Gabel retourne à la Cour des Cendres et ramène une armée ? Ça ne t'inquiète pas ?

Elle se tourne par terre et allonge ses jambes pliées.

Mon attention se porte sur ses pieds nus, la saleté qui les recouvre, ses plantes à vif. Une douleur me saisit au fond de ma poitrine, car je n'avais pas remarqué qu'elle était pieds nus jusqu'à maintenant.

– Premièrement, la cour est trop loin pour qu'il y aille et revienne avant que nous ne quittions cette grotte. Deuxièmement, pourquoi ne m'as-tu pas dit que tu ne portais pas de chaussures ?

Je saisis ses deux chevilles et la fais pivoter par les jambes pour qu'elle soit face à moi. Je place ses pieds sur mes genoux et la retiens alors qu'elle se débat pour s'écarter de moi.

– Qu'est-ce que ça peut faire ? Ça va aller.

Elle pousse contre mes bras, et je la regarde avec insistance.

– C'est le moins que je puisse faire après t'avoir fait souffrir.

Elle secoue la tête et souffle. J'adore comme elle est mignonne quand elle est en colère contre moi, son nez se fronce, son souffle est bruyant, ses lèvres se pincent sur le côté de sa bouche.

– Bien, mais fais attention avec tes grandes mains.

Je souris à l'insulte qu'elle a voulu me faire et porte mon attention sur ses petits pieds. Une grande feuille est collée à la base de l'un d'eux, et je l'enlève, ainsi que tous les débris qui lui sont attachés. Je frotte mes pouces de mes deux mains en petits cercles sur ses plantes de pieds. Elle a des éraflures partout. Elle a de la chance qu'elles ne soient pas coupées et ensanglantées.

Du coin de l'œil, j'aperçois le sourire satisfait qu'elle tente de cacher en détournant le regard.

Il n'y a que le silence entre nous, le feu qui nous tient chaud, et la seule chose à laquelle je pense est l'étrange attirance que je ressens pour elle. Combien c'est mal, sachant que Luther l'adore. Et comme je n'ai pas envie, égoïstement, de la renvoyer dans les bras de mon frère.

– Pourquoi suis-je ici ? demande-t-elle, me sortant de mes pensées. Je sais que tu as parlé d'aider les royaumes et d'une malédiction, mais pourquoi moi ?

Je continue d'enlever la terre de ses orteils, frottant avec le pouce là où la saleté s'incruste.

– Parce que tu as été enlevée d'ici quand tu étais bébé et laissée sur Terre avec des parents humains.

Elle se raidit, ses yeux s'écarquillent, et des murmures s'échappent de ses douces lèvres.

– Mes parents ne sont pas humains, n'est-ce pas ?

Je croise son regard et continue à masser le point sensible de la voûte plantaire.

– Non.

– Alors tu sais qui ils sont ?

Sa voix est pleine d'espoir, et elle me fixe de ce regard qui me brise parce que je dois mentir. Je n'en ai pas envie, mais lui dire la vérité la met en danger. Il vaut mieux pour l'instant qu'elle ne sache pas.

Je secoue la tête et décide de changer de sujet, car je sais qu'elle va continuer à poser des questions.

– Mes frères et moi croyons que tu as un pouvoir qui peut mettre fin à beaucoup d'effusions de sang dans notre cour.

Elle cligne des paupières, m'étudie, et je vois les rouages qui tournent derrière ses yeux.

– C'est pour cela que ma mère m'a abandonnée ? À cause de mon pouvoir ? (Elle fronce les sourcils et me fixe d'un regard paniqué.) Je ne sais même pas quel est mon pouvoir, mais ça a dû être horrible pour elle de m'abandonner dans un autre monde sans jamais revenir me chercher.

Le déchirement dans sa voix me prend aux tripes.

Je resserre ma prise sur ses pieds posés sur mes genoux.

– Rien de ce qui te concerne n'est horrible.

Je lutte contre la vérité qui veut sortir, des mots que

je ne peux pas lui dire sans la blesser encore plus. Du moins pas encore, pas avant qu'elle soit en sécurité et comprenne à quel point notre survie à tous dépend d'elle. Ce n'est pas avec ce genre d'informations que j'ai l'intention de l'effrayer ce soir.

Elle est assise, les mains croisées sur son ventre, les sourcils froncés, les yeux mi-clos.

Il y a une innocence en elle qu'elle essaie de cacher, et peu importe à quel point elle lutte contre son destin, elle ne peut pas repousser ce qui doit être, quand tant d'autres vies sont en jeu. Comme le reste d'entre nous, elle n'a pas choisi cette vie, mais comme me l'a dit ma grand-mère un jour, « *Une vie vécue dans la peur est une vie gâchée, alors agis toujours comme si c'était ton dernier jour sur terre. Vis.* »

Je baisse les yeux et caresse du bout des doigts les orteils de Guendolyn avant de remonter jusqu'à ses chevilles. Sa peau frissonne à mon contact, son souffle s'accélère, et je déglutis. Sa réaction à mon égard me fait faire des nœuds dans ma tête. Je n'arrive pas à me sortir son baiser de l'esprit. Son désir enivrant est comme une tempête. Il balaie et déchire tout sur son passage. En l'occurrence, moi.

Tout en elle m'attire. Je la veux pour moi tout seul, mais il y a une dizaine de raisons pour lesquelles je ne peux pas m'engager avec une femme comme elle. Une dizaine de raisons qui ne sont pas en accord avec son destin. C'est le moment où je devrais jurer de ne plus jamais l'embrasser, plus jamais penser à elle autrement qu'en tant que sauveuse de notre royaume.

Les mots ne viennent pas, et détacher mon regard de

cette fille m'est impossible. Je la veux sous moi, les joues rouges, criant mon nom, jambes écartées. Pour que je lui montre les péchés les plus sombres qui la feront supplier d'en avoir plus.

J'ai toujours trouvé fantasque de voir Luther se languir de Guendolyn depuis qu'il l'a perdue il y a deux ans, mais maintenant je comprends. Non pas que je sois amoureux… Ce n'est pas pour moi. J'ai vu ce que les mariages brisés font aux familles, et je ne veux rien de tout ça. Des cœurs brisés, des larmes sans fin, le rejet… Ce couteau est toujours enfoncé dans ma poitrine.

Mon vrai père vient de la maison Larmathier, l'une des plus anciennes familles du Royaume Errant. Un jour, il est parti à la chasse et n'est jamais revenu. C'est une fouine lâche, qui vit dans une cour à l'est, marié à une princesse qui a la moitié de son âge. Mère a tenté de le faire assassiner, comme tout le monde, mais l'assassin est mort. Je sais que Mère n'abandonnera jamais jusqu'à ce qu'il soit enterré. J'ai renoncé à m'en préoccuper.

— C'est courant que les enfants faë soient abandonnés sur Terre ? demande-t-elle en me lançant un regard désespéré, souhaitant que je lui dise que c'est courant, qu'elle n'est pas seule.

Mais je ne veux pas lui mentir.

— C'est une vieille pratique issue des anciennes traditions que l'on ne voit plus trop de nos jours. Les Faë remplaçaient les bébés humains par les leurs afin d'infiltrer le royaume de la Terre et découvrir la magie qui s'y trouve. Mais une fois qu'ils ont réalisé qu'il n'y avait pas grand-chose en matière de sortilèges, ils ont arrêté.

– Qu'est-il arrivé à ces enfants ?

Je déglutis avec peine, mais réponds à sa question.

– Un garde les ramenait chez eux, où ils étaient interrogés sur tout ce qu'ils avaient découvert. Peu d'entre eux ont survécu. Cette époque était barbare et a été interdite. Mon beau-père a rendu l'envoi dans votre royaume illégal et passible de mort.

Sa tête s'incline.

– Mais tu as pris le risque de venir pour moi ?

– Parce qu'on a besoin de ton aide. Il ne sait pas que j'y suis allé, et ne le saura pas tant que nous ne serons pas certains que tu es en sécurité.

Son souffle s'accélère, et je perçois le frémissement de son corps tremblant.

– C'est pour ça que tu ne voulais pas que Gabel sache qui je suis, murmure-t-elle en jetant un rapide coup d'œil à l'entrée de la grotte.

– Si quelqu'un découvre qui tu es, il te fera du mal pour gagner du pouvoir dans ce monde.

– Mais tu m'as eue en premier. Tu m'as prise avant qu'un d'autre ne le fasse.

Ses yeux bleus s'assombrissent et sa voix se remplit de venin.

– Non, ce n'est pas…

Elle détourne le regard car Gabel revient, tenant deux lapins qu'il a déjà dépecés et éviscérés.

Guendolyn retire vivement ses pieds de mes genoux et les replie sous elle. Je voudrais la prendre à part, lui dire qu'elle a tort de penser que nous sommes l'ennemi. Je veux faire disparaître la douleur qui marque son visage. Elle détourne le regard et s'essuie les yeux. La regarder est un coup de poing dans mes tripes.

— J'ai apporté de quoi manger, dit Gabel en commençant à embrocher la viande.

Je retire mes bottes du bout des pieds et enlève mes chaussettes, et les pose près du feu pour les réchauffer.

— Gainy, je t'offrirais bien mes chaussures, mais tu vas trébucher dedans. Prends au moins mes chaussettes.

Elle me dévisage, toujours en colère, mais ne touche pas aux chaussettes, alors je les laisse là pour le moment. Je sais qu'elle va les prendre.

Après avoir remis mes bottes, je prends un des lapins embrochés et le tiens au-dessus de la flamme pendant qu'il commence à cuire.

Personne ne parle, et je laisse mon esprit vagabonder n'importe où ailleurs qu'ici. Vers la rivière derrière notre château que personne d'autre ne fréquente. Où je peux nager pendant des heures et être seul pour dormir au soleil, chasser, m'échapper du chaos du royaume. C'était avant que tout parte en vrille après la propagation de la malédiction. Maintenant, les maudits de sang sévissent autour de la Cour des Ombres, brisant les murs pour y pénétrer. Une morsure et le virus s'empare de la victime. Nous sommes attaqués, et ces moments agréables semblent issus d'un monde à part.

— Dans les bois, commence Gabel en retournant le lapin presque cuit, j'aurais juré que tu allais me dire que cette charmante dame était Guendolyn.

Gabel rit et je le rejoins, en gloussant plus fort.

— J'ai entendu dire qu'elle était morte depuis longtemps, dis-je, captant la respiration saccadée de

Guendolyn. Gainy est une fille que Luther a rencontrée dans une taverne à l'est de notre frontière et dont il est obsédé. Une banale serveuse, mais si elle rend mon frère heureux pour une nuit ou deux, qui suis-je pour remettre en question ses besoins charnels ?

Guendolyn commence à s'étouffer, et je me penche pour lui tapoter le dos. Elle repousse ma main, et son regard pourrait décoller la peau de mon corps. Elle se lève.

– Je sors prendre l'air, grogne-t-elle.

– Juste à l'extérieur de la grotte, d'où je peux te voir, lui ordonné-je.

Elle me fusille du regard, et je prie pour qu'elle ne dise rien de stupide. Je réponds à son regard, l'implorant de garder sa colère sous contrôle.

Gabel se tourne pour prendre plus de bois pour le feu au moment où Guendolyn me donne un coup de pied dans les côtes. Je gémis à cause de la douleur aiguë, serrant les dents. *Merde.*

En la voyant sortir, et je contemple son cul ferme et je pense à quel point j'ai envie de le fesser. Elle reste juste à l'extérieur. Je ne vois qu'une partie d'elle de là où je suis assis, et j'ai tout le mal du monde à ne pas la suivre dehors. Elle me jette un coup d'œil par-dessus son épaule et lève le majeur dans ma direction. Je me demande ce que ça veut dire ?

Putain, elle me rend fou de désir.

Soudain, elle rentre en trombe, récupère mes chaussettes près du feu, et ressort la tête haute.

– Fougueuse, dit Gabel. Elle doit venir de très loin

en Orient, car elle porte des vêtements étranges et ne respecte ni les princes ni les nobles.

– Tu connais Luther. Il aime ses filles sauvages et fougueuses.

Je tends la main pour prendre plus de viande cuite, et mon flanc s'enflamme de douleur à cause de son coup de pied. Je déchire le lapin carbonisé.

Le fait qu'elle ne se souvienne pas de son passé est un problème que nous réglerons une fois qu'elle sera en sécurité dans notre royaume.

Je me lève et vais dehors, la trouve adossée à un rocher, les bras croisés sur sa poitrine.

– Viens manger quelque chose, lui dis-je. Nous avons une longue route à faire.

Nous avançons dans les bois sombres, Gabel à ma droite et Deimos à ma gauche. La nuit enveloppe la forêt dans toutes les directions, et seules les deux lunes au-dessus de nos têtes éclairent le chemin.

Les chaussettes de Deimos glissent sur mes pieds, mais elles constituent une couche de protection contre le sol de la forêt, alors je me résigne à les faire remonter sans cesse le long de mes jambes.

Le plus souvent, j'ai du mal à décider si j'ai envie de l'embrasser ou de le frapper. Il me cache tellement de choses, et je ne peux m'empêcher de penser que je suis en train de tomber dans un piège. Ils veulent que je les aide à résoudre leurs problèmes de royaume, mais je n'ai aucune idée de la manière de commencer, ni même s'ils ont la bonne personne. Que va-t-il m'arriver si je ne suis pas capable d'accomplir le miracle qu'ils attendent ?

Je n'arrête pas d'intercepter les regards de Gabel, et

la peur s'insinue au fond de mes entrailles. Celle qui me dit qu'il n'a pas cru aux mensonges de Deimos. Mais je ne sais pas à qui me fier. Ces deux faë ne se font pas confiance. Alors où cela me mène-t-il ?

— Gainy, de quel village venez-vous déjà ? demande-t-il.

Ça y est, le tissu s'effiloche à mes pieds. Je réprime une grimace, cherchant quoi dire.

— Waverton, répond Deimos à ma place.

— C'est un endroit merveilleux, ajouté-je rapidement. Ma famille et mes amis sont là-bas. J'ai grandi au bord de l'eau.

— L'eau ? Waverton n'est-il pas situé près du désert ?

Ma gorge est aussi sèche que le désert, et la confusion envahit mes traits.

— Près de l'oasis, bien sûr.

Il faut que j'arrête de faire comme si je savais quelque chose de ce monde. Je me tortille sous son regard, alors je change de tactique.

— Qu'est-ce qu'un Maître du Gibier au juste ?

Le visage de Gabel se fend d'un sourire, et il laisse échapper un rire lourd.

— Je suppose que tout cela doit être très nouveau pour vous, vous venez d'une si petite ville.

Ses mots me font peur… Il sait que je ne suis pas de Waverton. Je le sens dans sa voix.

Mais je reste calme. Je respire normalement alors que ma tête me crie d'arrêter de parler.

— Mon rôle dans le royaume est d'emmener le roi ou la reine à la chasse au gibier.

— C'est tout ? Ça a l'air d'être un boulot sympa.

La sueur ruisselle dans mon dos, et je jette un coup d'œil à Deimos pour demander de l'aide, mais il ne propose rien.

– Ça peut sembler être le cas de l'extérieur, mais il y a bien plus dans ce rôle. (Il se penche plus près.) Lorsque nous chassons, il n'y a généralement que le roi et moi, avec juste quelques gardes, et nous voyageons pendant de longues périodes. J'emploie ce temps à l'avantage de tous.

Mes yeux s'écarquillent.

– Vous l'avez pour vous seul, pour découvrir des choses, pour lui chuchoter à l'oreille.

Il acquiesce avec un petit sourire en coin. Cet homme est dangereux, car je le soupçonne de détenir beaucoup de connaissances et d'influence. C'est pourquoi Deimos m'a enjoint d'être prudente, de cacher ma véritable identité.

– Tout est question de perspective, ajoute Deimos. Ce qu'un homme confie au roi ou à la reine peut être très intentionnellement biaisé en sa faveur.

– Absolument, répond Gabel. Mais j'ai toujours été un homme d'honneur, si tu te souviens de ton arrivée à la Cour des Ombres avec tes frères. C'est moi qui ai influencé le roi pour vous donner à tous les trois votre propre palais, loin des drames de la cour, loin de la haine que votre mère, la nouvelle reine, a apportée au royaume. La royauté devrait être au service du peuple, et non se concentrer sur la petite politique de la cour. Vous trois êtes l'avenir de la Cour des Ombres.

– Et c'est toi qui as convaincu le roi de nous faire

travailler la terre, labourer le sol. Je me souviens t'avoir détesté pour ça.

Ses traits se crispent vers Gabel, toujours pas remis de l'incident apparemment.

– Oh, allez, Deimos, tu connais l'avantage pour la royauté de travailler la terre, et non de la posséder. C'est quelque chose en quoi la précédente reine croyait fermement. Quelque chose dont tu as admis avoir vu les avantages quand tu étais plus jeune.

– Travailler dans les fermes semble être une bonne idée.

J'ajoute mon grain de sel, bien que personne n'y prête attention. Ils sont tous deux pris dans leur propre mini joute verbale. Au moins, ça détourne l'attention de moi.

Deimos grommelle en sourdine avant de répondre :

– Chaque action a une conséquence. N'étaient-ce pas des villageois en embuscade qui ont attaqué et tué la précédente reine alors qu'elle travaillait dans les champs ? Des faë en colère, affamés, qui n'avaient pas assez de nourriture pour leurs familles afin que la reine puisse vendre nos récoltes à un autre royaume pour trois couronnes d'or ?

Les lèvres de Gabel se plissent en une moue.

– Elle l'a fait pour payer la dette de ce royaume, donc tu as raison. Tout est question d'équilibre. Ce qui lui est arrivé est bouleversant. Mais tu veux savoir la vérité, dit Gabel en se tournant vers moi.

Je lève le menton vers lui et j'acquiesce.

– Je me considère comme un faë qui cherche la vérité et l'apporte aux gens ordinaires. Ils ont le droit de savoir ce qui se passe dans leur royaume. Soyez toujours vigilants, car rien n'est ce qu'il paraît dans n'importe quelle cour.

– Tu dis la vérité, même au détriment de la cour, pas vrai Gabel ? Quand…

Deimos est coupé par un rugissement guttural qui retentit dans les bois devant nous.

Je recule, n'ayant pas envie de découvrir ce qui a provoqué ce bruit.

– On devrait peut-être choisir un autre chemin.

Deimos m'attrape le bras et me ramène à lui en me serrant très fort. Je sens la peur se propager sur son corps, et ça m'effraie encore plus.

Mes muscles se tendent et j'ai envie de courir, mais je n'ai nulle part où aller.

– Ils viennent de deux côtés.

Gabel se retourne pour scruter les arbres et les buissons derrière nous. Il dégaine l'épée du fourreau dans son dos avec une telle grâce que je ne peux m'empêcher de le contempler. Rien n'est comparable à l'or rougeâtre du métal ; on dirait qu'elle est faite d'or et de sang. Elle a une pointe arrondie et ressemble plus à une feuille longue et fine qu'aux épées que j'ai vues dans les films.

– Deimos ! crie Gabel en lui tendant l'épée.

Puis il sort les deux lames de sa ceinture. L'argent brille au clair de lune, les pointes sont fort aiguisées.

Je veux aussi quelque chose pour me défendre.

Mon regard oscille entre les ombres omniprésentes, et je n'arrive pas à distinguer les formes dans la nuit. Baissant les yeux sur mes pieds, je constate qu'il y a des pierres et des brindilles partout. Je ramasse rapidement une branche épaisse.

Deimos me regarde et hoche la tête d'un air approbateur, mais il a peur. C'est dans ses yeux, dans les plis qui se resserrent autour de sa bouche.

– Quoi que tu fasses, ne les laisse pas te mordre. Reste derrière moi autant que tu peux, compris ? Et souviens-toi de ce que j'ai dit tout à l'heure à propos d'aller au nord si quelque chose devait arriver.

Je hoche la tête, sans voix. Mon cœur bat si fort que je n'arrive pas à me concentrer. Je me mordille la lèvre, ma main serrée à blanc sur le bâton.

Maniant son épée, Deimos s'avance. Je déteste l'admettre en cet instant, mais ce faë est très séduisant, surtout lorsqu'il tient une épée. Les muscles de ses bras se contractent, sa poitrine ressort, et je me perds dans ce spectacle. Toute cette vibration protectrice qui se dégage de lui. Je fonds à l'intérieur. Ça m'énerve qu'il m'affecte autant, mais je ne détourne pas le regard.

Une brindille craque quelque part dans la forêt autour de nous.

Je me fige en levant mon arme.

Deux silhouettes surgissent des bois à une telle vitesse que je trébuche en arrière. Leur peau est pâle et tachetée, du sang s'écoule de leur bouche. Leurs vêtements pendouillent sur leurs corps maigres. Leurs cages thoraciques sont si creusées que ça me donne la nausée. Ça me fait mal de voir à quel point ils sont maigres et affamés.

Deimos s'élance vers eux en un clin d'œil, avec une telle grâce et une telle rapidité que j'en reste bouche bée.

Tenant l'épée à deux mains, il la fend férocement dans l'air. L'arme tranche la tête de la première créature. Le sang jaillit de la blessure tandis que le corps tombe à genoux puis s'affale en avant avec un bruit sourd.

Je crie, incapable de me retenir. Je ne peux pas détacher mon regard de la tête qui roule entre les arbres.

La bile se déverse au fond de ma gorge.

D'autres maudits de sang sortent des bois.

J'oublie tout sauf la peur. Gabel se déplace avec rapidité, transperçant de ses lames les bêtes qui viennent vers lui. Il se jette dans une roulade et saute sur le dos de la créature avant de lui trancher la gorge. Au contact de sa lame, la peau du maudit de sang grésille. Tout comme avec le coupe-papier lorsqu'il a percé la peau du harceleur chez moi.

Ces monstres tombent au sol, la chair brûlante rongeant leurs corps.

La nausée me submerge.

Je ne peux pas faire ça. Le bâton tremble dans ma main. Deimos virevolte pour esquiver une attaque, son épée se balance largement et frappe deux attaquants à la poitrine. Ils trébuchent en arrière, mais ne tombent pas et reviennent vers lui.

L'un d'eux l'évite et se précipite dans ma direction, le regard sauvage. L'instinct prend le dessus alors que mon cerveau reste en bouillie. Je ne veux pas mourir ici. Alors je lui balance la branche à la tête, le faisant trébucher sur le côté. Puis je lui frappe la poitrine avec le bout du bâton et il pousse un cri sauvage. Ses lèvres s'ouvrent sur des dents tachées et son souffle pourrait appeler la mort elle-même depuis l'enfer.

Juste au bon moment, Deimos se retourne et sa lame tranche le cou du maudit de sang.

— Aïe !

Je grimace et détourne le regard, mais je me heurte à quelqu'un derrière moi. Mon cœur bat la chamade et je me retourne, levant haut ma branche.

— Ce n'est que moi, charmante dame, dit Gabel, essoufflée.

Je prends une grande goulée d'air et reste près de lui. Les arbres autour de nous bruissent dans la brise, et le seul autre bruit est Deimos qui grogne en se battant.

Il est tout en puissance et en muscles. Il esquive une attaque et repousse l'assaillant d'un coup de pied avant de brandir son épée et de le décapiter. Puis d'une pirouette, il nous rejoint.

— Ce n'était pas trop mal, se vante-t-il, haletant.

Du sang a giclé sur la joue, qu'il essuie du dos de la main, créant ainsi une tache visqueuse. Il se tourne vers moi et pose sa main en coupe sur le côté de mon visage.

— Est-ce que l'un d'eux t'a mordu ?

J'inspire en frémissant et je secoue la tête.

Son pouce effleure mon œil, et une lueur d'espoir traverse son regard. Je l'imagine se penchant vers moi, posant ses lèvres sur les miennes. Cette seule pensée fait durcir mes mamelons. Mais il s'écarte et pointe le menton vers Gabel.

— Il est temps de partir d'ici, et vite.

Le terrain est jonché d'une demi-douzaine de cadavres, la plupart sans tête. Je note mentalement que la décapitation et l'argent fonctionnent contre ces monstres.

– Il est facile d'en tuer une poignée, murmure Gabel. Ce qui m'inquiète, c'est de savoir combien d'autres sont dans les environs.

Deimos me prend la main, sa paume avalant la mienne, et nous courons tous les trois à travers bois. Je suis incapable de penser correctement et j'ai du mal à tenir le coup, priant pour qu'on trouve un endroit où s'allonger. J'ai du mal à respirer. La seule image que j'ai à l'esprit est celle des têtes qui roulent.

Mais juste au moment où je pense que nous sommes loin de la zone d'attaque, ce son strident que je commence à abhorrer se rapproche de nous.

Je frissonne et me rapproche de Deimos.

Un flot déchaîné de maudits de sang sort de son lit. Il y en a une flopée qui courent vers nous depuis les bois devant.

Mes genoux se dérobent sous moi.

Vingt, peut-être trente.

Je ne vois que ma mort. Massacrée et mordue, je vais errer dans ce monde pour toujours comme l'une de ces créatures. Je serre les poings, prête à me battre, et je lève mon bâton.

L'électricité me pique soudain les bras. Elle rampe sur mon corps comme une armée de fourmis.

Crac.

Crac.

CRAC !

Le son résonne et emplit la nuit. Sous mes pieds, la terre tremble comme si elle s'animait.

Je sursaute de peur, mon adrénaline monte en flèche.

Les arbres se déchaînent d'avant en arrière, bien que le vent soit calmé.

Les racines frémissent sur le sol, se dégagent de la terre compacte.

Elles grandissent et s'étendent devant mes yeux. Glissant comme des vipères, elles frappent les maudits de sang, s'enroulant autour de leurs membres, de leurs gorges, les entraînant en arrière, jusque dans la terre elle-même.

Des griffes grattent le sol, leurs cris de terreur vibrent dans l'air.

Je tremble, choquée par ce que je vois.

Leurs hurlements sont terrifiants.

Les quelques maudits de sang qui s'échappent des bois tortueux se précipitent vers nous, la bouche béante, les crocs exposés. Leurs doigts avides sont tendus vers nous. Ils grognent comme des chiens enragés.

Je recule, mon cœur tambourinant fort contre ma cage thoracique. Je n'ai jamais signé pour ça. Je ne suis qu'une fille ordinaire… Bon, c'est une notion subjective et surfaite, mais avant que ces harceleurs ne débarquent dans ma vie, celle-ci n'était pas en danger. Je les tiens pour responsables de tout. Sauf qu'au fond de moi, je sais que le vrai danger est la personne qui leur a ordonné de s'en prendre à moi.

Gabel plonge en avant et se fraie un chemin à travers la multitude. Ses grognements et leurs cris me transpercent les oreilles. Mon rythme cardiaque s'emballe sous l'effet de toutes sortes d'émotions. La peur surtout, qui l'emporte sur tout le reste.

Je lève les yeux vers Deimos, à deux doigts de lui faire signe d'aller l'aider. Je veux absolument que nous survivions à cette nuit.

Mais ses yeux sont blancs et qu'il marmonne des mots silencieux. L'air de sa main tendue se répand comme une explosion sonique. Il se déplace vers les bois, à l'endroit où les maudits de sang ont émergé.

Là où les racines des arbres ont pris vie.

C'est lui qui fait ça. Il les pousse à attaquer. Je ne sais pas vraiment comment, mais c'est un faë. Ils ont de la magie, tout comme il peut convaincre les gens de faire des choses avec sa seule voix.

Le sol tremble sous mes pieds. Il est difficile de dire si c'est à cause de la ruée des maudits de sang ou des arbres en mouvement.

Alors que Gabel lutte frénétiquement, je me précipite pour l'aider avec une fureur qui confine à la folie.

Balançant ma branche, je me déchaîne et frappe un maudit de sang qui s'est accroché au bras de Gabel. Je n'arrête pas de frapper la tête de la chose avec le bâton jusqu'à ce qu'il parvienne à se libérer. En une rapide volte-face, il plonge la lame dans le côté du cou de la créature. Le sang gicle, je trébuche hors de sa portée et regarde la créature tomber à terre, gargouillant ses derniers souffles.

Le sol tremble furieusement maintenant, un rugissement s'élève de sous nos pieds.

Les maudits de sang gémissent, les racines attaquent autant qu'elles peuvent. Les poils de mes bras se hérissent à cause de la magie.

C'est le chaos.

La panique crépite dans mes veines et je suffoque. Tout se passe trop vite, je n'en saisis pas la moitié.

Le sol se met à tressauter avec férocité. Un trou béant s'ouvre, s'étendant sur la longueur de plusieurs petites voitures. Il gronde avec une force qui pourrait déchirer le monde.

La terre sous mes pieds se ramollit et se met à glisser sous moi au bout de quelques secondes, vers le bord de la fissure.

Je me précipite en arrière, laissant derrière moi les chaussettes aspirées de mes pieds. À trois mètres de là, Gabel glisse par terre avec un bruit sourd et se rapproche rapidement du bord mortel.

– Gabel !

Je me jette sur lui et attrape son bras à deux mains.

Il se tortille et gémit, ses jambes pendent au bord. Une pure terreur envahit son visage alors qu'il se débat pour s'échapper.

Les maudits de sang dégringolent tout autour de nous. Gabel est trop lourd pour moi, il m'entraîne avec lui.

Les doigts de sa main libre s'enfoncent dans le sol, mais mes pieds sont maintenant pris dans les sables mouvants. Je glisse vers l'avant, recule en titubant.

– Deimos ! hurlé-je.

À cet instant, une horde de maudits de sang se précipite sur la scène. Les monstres poussent des grognements, leurs lèvres se retroussent, exhibent des crocs acérés. Quoi que soient ces vampires, je les veux aussi loin de moi que possible.

Les arbres sont tumultueux et déchaînés, leurs branches et leurs racines frappent et fouettent les créatures.

Les poils de ma nuque se dressent, et je tire Gabel de toutes mes forces, avec tout ce que j'ai.

– Deimos ! crié-je, mais ce n'est pas son ombre qui s'abat sur moi.

Il se tient dans ma vision périphérique, lançant son pouvoir pour retenir la nuée de monstres qui essaient de nous tuer.

La seule chose à laquelle je pense est que c'est la fin. C'est *ma* fin.

À cet instant, des mains puissantes s'enroulent autour de ma taille et m'arrachent au gouffre.

– Gabel ! crié-je en me battant contre la créature qui m'éloigne de lui. Il glisse rapidement maintenant, et mon estomac se noue.

Une autre silhouette se précipite et tire Gabel en sécurité par le col de son pourpoint. Je suis soulagée que ces étrangers soient intervenus pour nous aider.

Je me remets sur pied et me libère en trébuchant de mon ravisseur, avant de me retourner pour découvrir un grand homme vêtu d'une cape, sa capuche dissimulant son visage.

– Qui êtes-vous ? lui demandé-je.

Ils sont trop grands, trop imposants pour être les harceleurs de chez moi.

Un cri déchirant fend l'air derrière moi, et je me retourne juste au moment où deux maudits de sang s'attaquent à Gabel, l'arrachant des bras de l'autre homme.

Les pieds de Gabel glissent sur le sol riche. Il crie et

je me précipite vers lui, mais l'élan l'entraîne dans le gouffre avec les maudits de sang, et le sol les avale en quelques secondes.

– Non !

Mon cri résonne dans la nuit.

Deimos est à genoux, les épaules voûtées, la tête basse. Il peine à respirer, et je suis terrifiée pour lui. Le pouvoir qu'il a utilisé a donné vie à des arbres !

Je suis complètement engourdie.

Je me précipite vers Deimos. Il se bat toujours pour respirer, son corps tremble. Il est très pâle, et ses lèvres sont devenues blanches. La magie qu'il a utilisée l'a épuisé. Quand il ouvre les yeux, je m'attends à ce qu'ils brillent d'un blanc éclatant, mais à la place, je fixe des yeux verts spectaculaires. Ils sont injectés de sang comme s'il avait bu toute la nuit, mais ils sont toujours magnifiques. Je m'accroupis à côté de lui.

– Tu vas bien ? Ce que tu as fait là était insensé et incroyable. Je suppose qu'en tant que faë, tout est possible, non ?

Mes mots se déversent hors de moi comme les émotions qui submergent mon esprit. Mais parler m'aide à ne pas y penser, ou à ne pas paniquer parce que je viens de voir quelqu'un mourir.

– Je suis vraiment désolée pour ton ami Gabel.

Il reste muet.

– Qui sont ces deux types ? Doit-on essayer de s'échapper ?

– Ils sont avec nous, murmure-t-il d'une voix basse et distante.

J'ai envie de lui en demander beaucoup plus, mais je m'abstiens. Je reste assise avec lui pendant un long moment.

– Je veillerai à ce que l'on se souvienne de son combat héroïque et à ce que l'on prenne soin de sa famille. Es-tu blessée ? croasse-t-il en portant la main à ma joue.

Je me laisse aller à son contact, sa chaleur est électrique. J'ai envie de pleurer, c'est ce que je ressens après tout ce qui s'est passé en si peu de temps.

– Je ne suis pas sûr d'être faite pour ce mode de vie entre la vie et la mort.

J'essaie de rire, mais c'est un grognement maladroit qui sort, et tant pis si c'est gênant.

– Une fois qu'on sera sortis de là, je promets de t'apprendre à te battre.

L'idée me semble parfaite. En vérité, ce monde est ma représentation de l'enfer, donc si survivre implique que je dois apprendre à maîtriser une arme comme j'ai vu Deimos le faire, alors je suis prête.

– Marché conclu. Je veux manier une épée aussi bien que toi.

Son sourire en amène un sur mon visage.

Il prend une longue inspiration et baisse sa main. Le bout de ses doigts semble avoir été plongé dans l'encre. Je me raidis et prends vite sa main dans la mienne, afin de bien l'étudier.

– Qu'est-ce que c'est ?

Je passe mon index sur le noir. C'est rugueux, comme la peau d'une pêche.

– Des morceaux de mon âme, brûlés à chaque fois que j'utilise la magie.

Ma mâchoire tombe et je me penche en arrière, le regardant avec méfiance.

– C'est censé être une blague ? Parce que ce n'est pas drôle.

Sauf qu'il ne rit pas. Il a seulement un tic au coin des lèvres. Pourquoi tout dans ce royaume doit-il être mortel et créer des problèmes gigantesques ? Deimos avait raison. *Chaque action a une conséquence.*

– Tu vas mourir ? haleté-je.

– Nous finissons tous par mourir, mais mon heure pourrait venir plus vite. Je perds des années de vie à chaque fois que j'utilise la magie des arcanes. (Ma confusion doit se lire sur mon visage, parce qu'il s'explique davantage :) Ne t'inquiète pas pour moi. C'est la magie que j'exploite de la nature qui m'entoure. La magie élémentaire, la plus ancienne de son genre pour les faë. Un pouvoir que j'ai hérité de mon père. J'ai accepté mon destin il y a longtemps.

Mes doigts s'enroulent autour de sa main et je m'accroche, sa chaleur remontant le long de mon bras. J'ai envie de lui demander combien de fois il a utilisé sa magie, combien d'années il a déjà perdues. Mais je ne peux m'y résoudre. Je suis trop terrifiée de découvrir la vérité.

En le dévisageant, je remarque ses pommettes ciselées, la dureté de sa mâchoire, les angles doux de son nez. Sa respiration s'est calmée, et il me pose sur moi ses yeux vert vif. Il veut dire quelque chose. Ses lèvres s'écartent, mais les mots ne sortent pas. Son regard passe par-dessus mon épaule.

Derrière moi, les deux hommes en cape nous observent. Je ne sais pas trop à quoi m'attendre.

– Donc tu les connais vraiment, n'est-ce pas ? demandé-je à Deimos.

Ils contournent le trou béant dans le sol, enjambent les corps et viennent vers nous. Leurs épées dégoulinent de sang. Je suis sûre que s'ils étaient après moi, même Deimos ne pourrait pas les arrêter. Je me rapproche de lui.

Ils sont les deux de grande taille, aux épaules larges, l'air puissant.

Deimos se relève.

– Nous sommes en sécurité, dit-il d'un ton dur.

Je ne sais pas trop quoi en penser. Il me prend la main et m'aide à me mettre debout.

Mes muscles se contractent d'épuisement. Je regarde le gouffre. Nous avons perdu Gabel, et ma poitrine se serre. Je le connaissais à peine, mais il s'est battu à nos côtés, il croyait en la nécessité d'aider les autres. Je ne connaîtrai jamais ses véritables intentions, mais il ne méritait pas de mourir. Pas comme ça.

Deimos s'avance vers les hommes, et il enlace chacun d'eux en leur tapant fort dans le dos. Leurs marmonnements confirment qu'il les connaît très bien. L'un des étrangers tend son épée tachée de sang à Deimos, puis fait un geste vers moi. Deimos et l'autre homme essuient leurs lames sur les vêtements des morts. Puis ils s'approchent de la fissure béante dans le sol et l'examinent. Cherchent-ils un signe de Gabel ?

Un vent arrivé de nulle part tourbillonne autour de mes jambes, balaie mes cheveux sur mes épaules. Il y a quelque chose chez ces étrangers qui me captive. L'homme qui vient vers moi marche d'un pas décidé et dégage une grande puissance.

Sa cape vole dans l'air derrière lui. Elle s'ouvre sur le devant, me laissant entrevoir une veste de style militaire, avec des boutons argentés et un col haut. Un pantalon noir couvre des jambes robustes.

Il lève les mains et rabat sa capuche. Mon cœur accélère… Il est incroyable. Stupéfiant. Hypnotisant. Ses cheveux noirs comme la nuit tombent sur ses épaules, ses yeux perçants ont la couleur des flammes et scintillent comme des braises, couronnés de sourcils très noirs.

Une mâchoire robuste, des pommettes saillantes et des lèvres pleines à la courbe ascendante, me rappelant tellement celles de Deimos.

Ma respiration se bloque dans mes poumons. Mon cerveau bégaie, et je me mords le coin de la bouche.

– Luther ?

Son sourire en coin me confirme que j'ai raison. Je l'ai vu dans mes rêves, son nom n'a jamais quitté mes pensées. Ce qui est étrange, c'est que je ne me souviens pas de grand-chose à son sujet, ni du temps que nous avons passé ensemble ni des émotions qui, je le sais, devaient être présentes. Mais la langueur que j'éprouve dans ma poitrine en le voyant s'intensifie et est à deux doigts de vider mes poumons de leur air.

Il rit et réduit la distance entre nous. Se tenant juste en face de moi, il me contemple avec une intensité brûlante dans le regard.

– Tu te souviens de moi, petite louve ?

Mon corps frissonne à entendre cette voix de baryton profonde, et je laisse échapper un petit rire discordant et maladroit.

Il me regarde avec son sourire en coin.

Je me noie dans son odeur de bois fraîchement coupé, de transpiration et de quelque chose comme de la cannelle noire. Elle m'engloutit et me fait trembler d'un désir que je ne comprends pas. Le feu fait rage dans ma poitrine. Il y a quelque chose en lui qui m'enflamme de désir, quelque chose qui réagit à sa présence avec une sauvagerie que je n'ai ressentie qu'avec Deimos.

Ce que je ressens pour Luther est très différent. Cela vient du plus profond de moi, d'un endroit dont je ne connaissais pas l'existence jusqu'à présent.

Le vent rugit autour de nous, mes cheveux cinglent mon visage.

Luther. Ce nom envahit mon esprit comme il l'a fait tant de fois.

– Oui, soufflé-je. (Mon regard se pose sur ses lèvres pleines avant de revenir à ses yeux.) Je te connais.

Et le bruit de son rire me brise, me surprenant par

l'excitation que j'éprouve rien qu'à l'écoute de ce son magnifique.

– C'est un bon début.

– Mais il y a plus, et je ne peux pas…

Je plisse les yeux pour essayer de me concentrer. Ma poitrine se contracte, comme si je devais reconnaître mon propre désir ardent, mais il est enfoui dans mon esprit et inaccessible.

– Ce n'est pas grave, dit-il. Une partie de la malédiction incluait l'effacement de ta mémoire. L'essentiel est que tu sois à la maison.

Je ressens tellement d'émotions. Excitation, confusion, désarroi.

– Ce n'est pas ma maison, Luther.

C'est là que tu as tort. J'ai juste besoin de t'aider à te souvenir.

Sa voix se répand dans mon esprit, son insistance enrobant ses mots. Mes yeux papillotent devant lui. Il m'a déjà parlé dans mon esprit. Pourtant mon cœur bat la chamade.

Il marque une pause, comme s'il cherchait quelque chose à dire. Il me dévisage avec l'air d'en savoir plus à mon sujet que moi-même.

Ne t'inquiète pas, petite louve. Je te montrerai tout en temps voulu. Et je ne peux lire dans tes pensées que si tu me laisses faire. Il affiche un sourire diabolique.

Tout s'est passé si vite. Des harceleurs qui m'attaquent. Deimos qui me sauve. Mon arrivée dans ce monde. Les maudits de sang. Les faë. Gabel. Et là, Luther qui lit dans mes pensées. C'est trop.

Le monde paraît très immobile.

Le tiraillement autour de ses yeux s'adoucit, et malgré mes émotions folles, quelque chose dans mon esprit me dit de faire attention en sa présence.

– Viens avec moi. Les bois ne sont pas sûrs.

Il me prend par la main et nous rejoignons Deimos.

La confusion trouble mon esprit, et une douleur se creuse profondément dans ma poitrine.

Quand je me lève les yeux, Deimos me regarde, l'air dur.

Les feuilles mortes piquent la plante de mes pieds à chaque pas que je fais, maintenant que j'ai perdu mes chaussettes.

– Tu as rencontré Luther, murmure Deimos, comme s'il préférait être ailleurs qu'ici. Et voici le Prince Ahren.

Ahren rabat la capuche de son visage, et sa présence me laisse sans voix. Incroyablement beau et plein de péchés. Une peau pâle. Des lèvres rouges. Des yeux verts captivants comme ceux de Deimos, sauf que ceux d'Ahren sont pâles et brillants. Avec ses cheveux aussi blancs que les nuages qui lui descendent au milieu du dos, il arbore une posture royale. Son visage est plus long que celui de ses frères, ses lèvres se plissent sur les bords, et comme les deux autres, il a des pommettes saillantes.

Ahren est l'héritier du trône… une information qui semble m'être restée en mémoire. Et il n'a pas l'air très heureux de me voir.

Un soupir exaspéré s'échappe de ses lèvres.

– Qu'est-ce qu'elle porte ?

Je lui lance un regard noir.

– Vraiment ? C'est ce que tu retiens de toute cette

histoire ? Pas qu'on a failli mourir ? Et je me tiens juste là. Si tu veux me dire quelque chose, adresse-toi directement à moi.

D'emblée, je ne l'aime pas. Et je soupçonne que je ne l'aimais pas non plus la première fois que je l'ai rencontré.

– Je vois que tu n'as pas changé et que tu ne sais toujours pas montrer du respect.

Sa voix dégouline de dédain.

Un rire dur jaillit de ma gorge, et je suis heureuse de pouvoir rire de n'importe quoi après tout ce que j'ai traversé.

– Je n'ai jamais demandé à être amenée ici, mais apparemment, je suis la seule à pouvoir sauver tes fesses. Alors peut-être que c'est *moi* qui devrais réclamer le respect.

Mes mots sont tranchants comme des rasoirs. À l'intérieur, je suis une épave, mais je ne veux pas lui montrer cette facette de moi. Je garde le menton haut, je veux le faire réagir.

Les narines dilatées, il jette un coup d'œil à ses frères, espérant une réponse de leur part.

Deimos reste là sans dire un mot, et je n'arrive pas à déchiffrer son expression. Le calme de tout à l'heure a disparu... À présent, c'est une tempête. Sombre et sauvage. Il m'a sauvée de la mort, et maintenant il reste à l'écart. Ses cheveux flottent dans la brise, du sang coule sur sa joue, et il y a une petite fossette dans son menton que je n'avais pas remarquée jusqu'ici. Cette image de lui embrase mon cœur.

Imbécile. Penser que je suis autre chose qu'une

sauveuse pour ces hommes me fera tuer. Et je refuse d'avoir le cœur brisé en même temps. Ce sont des princes, et moi… je suis simplement un remède à leurs problèmes.

– Elle a traversé beaucoup d'épreuves, dit Luther en me jetant un coup d'œil avec son sourire à couper le souffle.

Ahren se lèche les lèvres tel un loup, ses yeux se baissent un peu.

– On bouge. Si elle nous met en danger, on l'abandonne. Je me moque de *qui* elle est.

Luther se raidit tandis que Deimos s'écarte, la mâchoire crispée.

Je regarde ce con qui m'exaspère au plus haut point. La seule idée qui me trotte en tête est d'essayer de trouver un plan pour rentrer chez moi. Apprendre le maximum de choses de ces Faë sur qui je suis, et me tirer de cet enfer.

Ahren se détourne de moi, et ça me hérisse qu'il me traite comme une moins que rien.

– Pourquoi tu me hais ? éclaté-je, détestant d'avoir l'air désespéré.

Il s'arrête et me regarde par-dessus son épaule, le front plissé. Après m'avoir dévisagée de la tête aux pieds, je m'attends à ce qu'il réponde. Peu importe ce qu'il dira, je préfère savoir que me demander pourquoi il me hait tant.

Un simple sourire arrogant, du genre *tu vas payer pour ça*, et il s'en va.

– Nous partons maintenant.

Relevant mon menton, je le regarde partir avec Deimos à ses côtés. *Sale enfoiré.*

Je suis coincée avec trois frères. Trois princes qui pourraient bien me tuer avec leur folie.

Deimos garde ses distances, en faisant tout à coup comme si je n'existais pas.

Luther est un mystère que je n'ai pas encore élucidé, mais il irradie le danger, et j'ai peur de la facilité avec laquelle il se glisse dans mon esprit.

Et Ahren, qui m'étudie comme s'il cherchait la meilleure façon de me tuer.

Eh bien, ça va être amusant.

Je suis trop frustré, trop énervé, et pour être honnête… bien trop déçu. Je ne peux m'en prendre qu'à moi-même pour m'être attendu à ce qu'une malédiction puisse être autre chose qu'une foutue lame en plein cœur. Mais je surmonterai ça plutôt que de ne plus jamais voir Guendolyn.

Elle est ma faiblesse, elle l'a toujours été depuis que je l'ai découverte.

Pendant des années, je lui ai parlé par la seule pensée ; avec moi, elle a partagé ses peurs, ses aspirations, sa vie brisée. Je n'ai jamais eu l'intention de tomber amoureux d'elle… loin de là. Mais je l'ai dans la peau, et maintenant je lutte contre l'envie de reprendre là où nous nous sommes arrêtés.

Quand elle est tombée amoureuse de moi, m'a regardé comme si j'étais le seul et unique. Tout ça, c'est fini, et je me hérisse à cette idée. Nous sommes de nouveau des étrangers, et il ne me reste que des souvenirs vides.

Quand je la vois courir à mes côtés dans la forêt drapée de nuit, le souffle rapide, j'ai envie de l'embrasser. De poser mes mains sur chaque centimètre de son corps, de la déshabiller, de m'enfoncer loin en elle. Mais plus que tout, je veux qu'elle se souvienne de qui je suis.

Je suis le prince qui a trouvé une fille perdue, une fille qui se croyait brisée, une fille qui avait besoin qu'on la trouve. Et j'étais cet homme qui l'a retrouvée. *Je* suis cet homme.

Le sort de mage que j'ai acheté il y a bien longtemps était destiné à trouver mon âme sœur… Tous les faë en ont une, et j'étais fatigué de chercher la mienne. Il s'avère que mon âme sœur est une faë maudite, la fille qui nous a tous détruits. Mais elle est aussi la seule qui peut tous nous sauver… à un certain prix. Bien sûr, il y a un foutu prix à payer.

Elle trébuche sur une racine dans la nuit. J'empoigne sa main pour l'empêcher de tomber.

– Merci.

Elle m'offre son doux sourire dont je me souviens bien. Mais je hoche simplement la tête, et nous continuons à courir droit devant nous.

Ses longs cheveux blonds si clairs qu'ils pourraient être presque blancs scintillent sous le clair de lune. Elle n'a guère changé depuis la dernière fois que je l'ai vue. Une peau d'un blanc laiteux. Toujours mince, mais c'est compensé par sa poitrine généreuse. Des taches de rousseur parsèment son petit nez. Tout en elle m'attire, depuis sa force qui s'exprime dans les pires circonstances, jusqu'à la rougeur de ses joues, et ces lèvres roses et pulpeuses.

L'envie de les goûter et les marquer me remplit l'esprit.

Captivante.

Ma compagne.

Mienne.

Attendez. Je découvre qu'elle boite.

– Tu es blessée ? (J'examine ses jambes dans un pantalon serré à la recherche de blessures, mais je découvre ses pieds nus couverts de terre.) Où sont tes chaussures ?

– C'est une longue histoire. (Elle fronce les sourcils, ses cheveux flottant autour de son visage à cause de la brise froide qui passe en sifflant.) Sommes-nous arrivés à votre château ? J'aimerais m'asseoir.

– Nous ne marchons que depuis peu de temps, remarque Ahren.

– Elle a laissé ses chaussures dans le royaume de la Terre, lance Deimos par-dessus son épaule.

Ahren s'arrête et se tourne vers nous.

– C'est quoi le problème ? grogne-t-il.

Il me tape sur les nerfs ce soir. Je ne sais pas pourquoi je ne l'ai pas encore tué.

Cela fait plusieurs jours que nous attendons le retour de Deimos et qu'il se plaint du sort que j'ai acheté pour ouvrir le portail. Que ça aurait été bien plus simple si on avait pu passer tous les trois. Eh bien, ça arrive, et la magie est instable dans notre monde en ce moment.

– Elle va laisser une traînée de sang que les maudit

de sang pourront suivre bien assez tôt, dis-je. Ces terres vont lui déchirer les pieds.

Ahren pousse un gros soupir et se pince l'arête du nez.

– Bien. Donne-lui tes chaussures alors.

Je me penche pour enlever les miennes sans hésiter.

– Prends les miennes.

Deimos se baisse déjà pour se déchausser.

– Je ne peux pas porter ça, dit-elle. Je vais trébucher partout. Tu chausses du 45. Mais merci quand même.

Ses yeux bleus brillent tandis qu'elle fixe Deimos, qui se détourne d'elle. Je me souviens de la façon dont il touchait son visage, comment elle s'accrochait à lui pendant que l'on combattait les maudit de sang. Je lui ai bien appris… à prendre soin d'elle au péril de sa vie, ce qui semble lui avoir valu son attention.

– Je préfère être pieds nus, dit-elle.

Ahren grogne.

– Toutes les femmes humaines sont-elles aussi radicales ?

Elle le fusille du regard.

J'enlève mes chaussures pour lui donner au moins mes chaussettes pour soulager ses pieds.

– Sortons de cette forêt perdue.

Je prends la main de Guendolyn et lui donne mes chaussettes grises en laine. Elle sourit et les enfile sur ses petits pieds. Et puis nous repartons.

Elle observe les bois denses que nous traversons. Mes oreilles se dressent afin de détecter si quelqu'un nous suit.

Ahren prend la tête, une épée dans le dos. Deimos nous suit, et nous nous hâtons.

Les maudit de sang agissent la nuit, et en temps normal, traverser les bois relève du suicide. Avec cette malédiction sur nos terres, la plupart des créatures cernent maintenant la Cour des Ombres pour s'y introduire au lieu de chasser dans les bois. Et la hantise de ce qui nous attend me tenaille.

Cependant, l'urgence de mettre Guendolyn en sécurité m'étouffe. Il nous faut aller plus vite pour rentrer chez nous, où un mage l'attend pour trouver une façon d'inverser la malédiction.

Je résiste à la tentation de la prendre sur mes épaules pour aller plus vite, car mon addiction pour elle est de plus en plus forte. Et ce besoin de la protéger gronde en moi.

Je soupire et lève les yeux vers le ciel nocturne ; les étoiles sont masquées par des nuages orageux qui roulent au-dessus de nous.

Je voudrais la serrer dans mes bras. Le désir m'envahit, mais je le maîtrise. Un semblant de maîtrise, bien entendu, mais je dois attendre qu'elle se souvienne de moi. Même si ça me tue.

Le temps passe vite tandis que nous progressons en silence.

– On peut s'arrêter ? S'il vous plaît.

La voix de Guendolyn coule sur moi, réveillant quelque chose en moi, et je m'arrête, tout comme mes frères.

Elle est à bout de souffle.

– Juste un instant, pour reprendre mon souffle.

– Nous devons continuer à avancer, siffle Ahren, le regard rivé sur l'horizon sombre.

Une rafale de vent passe sur nous, les arbres bruissent, les branches gémissent. Nous sommes des cibles faciles par ici.

Deimos reste derrière nous. Nous avons encore une demi-journée de marche qui nous attend, au moins, mais nous devons partir d'ici.

– Swindon n'est pas loin. Nous y trouverons une calèche, suggéré-je. Nous arriverons plus vite à la cour.

– La ville des parias, qui n'est fidèle à aucun royaume ? grogne Ahren. Qui pourrait tuer trois princes traînant dans ses rues ?

Son ton est venimeux, mais je connais mon frère. Il a été formé pour devenir roi, depuis le moment où nous avons mis les pieds à la Cour des Ombres, sur le modèle de notre roi. Le nouveau mari de Mère. Ça ne l'excuse pas... Je considère qu'un roi doit être gentil et gouverner avec intelligence, pas à coups de poing.

La main de Guendolyn tremble dans la mienne et je la regarde. Elle devient toute pâle, et je la vois se mordre la lèvre inférieure avec nervosité.

– Nous nous déguiserons, proposé-je. Depuis quand tu répugnes à dissimuler ta véritable identité, mon frère ? Tu avais l'habitude de te faufiler hors de la cour régulièrement pour rencontrer...

– C'est différent, grogne-t-il. Avec cette malédiction, tout le monde est mal à l'aise. Nous ne sommes pas les bienvenus là-bas. Et tu as envie qu'on découvre la fille ?

– Guendolyn, dit-elle. C'est mon prénom.

– Je connais quelqu'un à la taverne locale qui pourra nous aider.

Les pas de Deimos se rapprochent derrière moi.

Ahren nous dévisage tous les trois avec de la haine dans les yeux… Non, pas de la haine, mais de la frustration. Comme nous tous, il veut sortir des bois et se mettre en sécurité.

Il nous tourne le dos avec impatience, les mains sur les hanches, comme il le fait à la cour quand on nous oblige à assister à d'interminables réunions ennuyeuses avec le conseil.

Une brindille craque.

Je me raidis.

Une grande ombre bondit hors des bois et percute Ahren, les faisant s'écraser tous les deux sur le sol.

Mon sang ne fait qu'un tour, et je me précipite vers eux pour sauver mon frère.

Des grognements résonnent dans l'air. Il fait trop sombre pour distinguer la bête, mais je sens la puanteur de sa fourrure humide.

Saletés de Leacnans. En partie loups, en partie charognards, en partie fléaux pour notre territoire. Ils mangent ce que les maudits de sang laissent derrière eux et attaquent tout ce qui bouge quand ils ont faim.

Je saute dans le chaos de membres, dégainant une lame à ma ceinture. J'attrape une poignée de fourrure épaisse et grossière et tire violemment sur la bête. Cette foutue chose arrive à hauteur de ma taille et il ne faut pas l'énerver.

Le Leacnan fait volte-face, son long museau sur mon

visage, ses dents aiguisées en forme d'aiguille. Il bave partout.

Sa puanteur infecte va suffire à me tuer.

La bête se jette sur moi, gueule béante. Mes muscles sont trop lents à réagir et elle me frappe. Nous nous affalons tous deux par terre. J'enfonce ma lame dans ses tripes et je la tourne.

Son hurlement d'agonie me fait frémir.

Après quoi la bête est éjectée de mon corps. Je reprends mon souffle. Deimos écarte la chose et dégaine son épée. Il fait taire les cris de la créature en quelques secondes. Dieu merci.

En tournant la tête, je constate que Guendolyn nous regarde avec des yeux exorbités. Cette innocence, cette peur, ça me fait quelque chose. Ça m'excite follement. J'ai envie de la protéger, la mettre en sécurité, qu'elle s'accroche à moi.

– Tu vas bien ?

Je me relève et je me tourne tandis que Deimos relève Ahren.

Guendolyn ne bouge pas.

– Doux Jésus, il saigne.

Je suis son doigt pointé vers Ahren. Il chancelle, une main pressée sur le flanc. Le sang coule entre ses doigts et sur son pantalon.

– Merde ! Il t'a mordu ?

Je m'approche tandis que Deimos le soutient.

– Nous devons continuer à avancer. Je serai rétabli d'ici à ce qu'on rentre à la maison, insiste Ahren.

Mon frère n'admettra pas qu'il souffre avant d'avoir rendu son dernier souffle.

– Est-ce que tu es dingue ? lui lancé-je. C'était un foutu Leacnan. Il a hurlé assez fort pour que les autres l'entendent. Mettre de la distance entre nous ne servira à rien. Ils viennent nous chercher maintenant !

– On va à Swindon, déclare Deimos. Nous devons courir si nous le pouvons.

Il passe un bras dans le dos de mon frère, soutenant son poids, et ils se mettent à courir. Ahren boite, mais ça ne le ralentit pas.

La panique enserre mon cœur, et je me précipite vers Guendolyn. *Petite louve, nous devons partir.*

Elle me sourit, dans une posture si vulnérable. Il y a de l'innocence dans ses yeux, et je hume sa peur.

La forêt est floue. J'enroule mon bras autour de sa taille, l'attirant plus près pour la soulager d'un peu de son poids afin que nous avancions plus vite.

Des hurlements retentissent autour de nous.

Merde !

Nous courons sans nous arrêter. Aucune ne pause, nous suivons la pente de la colline. Ces bêtes chassent en meutes de vingt ou trente individus. Nous n'avons aucune chance de les combattre.

De faibles lumières pointent entre les arbres, plus loin devant nous.

Des pas martèlent le sol quelque part derrière. Des branches craquent.

Guendolyn halète et ne cesse de regarder en arrière, ses ongles s'enfonçant dans ma main sous l'effet de la peur.

Nous sortons tous les quatre de la forêt et un frisson me parcourt les épaules. Je déteste être la proie. C'est moi qui chasse, pas ces foutus charognards.

Un chemin érodé nous mène à une petite ville fortifiée, dont les portes métalliques sont closes. Les murs en bronze massif font au moins cinq mètres de haut.

Deimos y est le premier, et tape du poing pour se faire entendre à travers la porte géante.

Nous rattrapons mes frères, et je pousse Guendolyn derrière moi. Je me tourne vers les bois, vers les ombres mouvantes entre les arbres.

Des Leacnans.

Leurs yeux jaunes brillent sous le clair de lune. Il y en a au moins deux douzaines qui nous fixent dans l'obscurité.

Mes mains tombent sur les dagues que je porte à la hanche, mes doigts s'enroulant autour des poignées de cuir.

– Qu'est-ce que vous voulez, merde ? lance un abruti grincheux derrière un minuscule judas ouvert dans la porte métallique.

Guendolyn gémit et se serre contre moi. Dans ma tête, j'ai tout prévu. Si les bêtes attaquent, je ferai de mon mieux pour la projeter par-dessus le mur, et ensuite je me battrai. Ce n'est pas vraiment un plan, mais c'est tout ce que j'ai pour le moment.

– Dépêchez-vous, bon sang, grogné-je alors qu'un autre hurlement éclate dans la nuit.

Deimos négocie quelque chose avec le gardien. Ahren est affalé contre la porte, la main serrée sur son flanc ensanglanté, et je prie pour qu'il y ait un guérisseur dans cette ville.

Des ombres émergent des bois devant nous. Noires comme la nuit, elles approchent furtivement. Seules leurs dents pointues brillent à la lueur de la lune.

Mon cœur bat la chamade quand résonne le fort claquement d'un verrou et que la porte s'ouvre.

Le soulagement m'envahit quand nous nous précipitons à l'intérieur. Guendolyn est aux côtés de Deimos, et je récupère Ahren pour aller plus vite. Mes poils hérissés de terreur, nous fonçons vers l'avant.

La porte se referme avec un bruit sourd derrière nous, puis des grondements et des rugissements retentissent de l'autre côté. Je me retourne vers l'entrée qui cliquette sur ses gonds. Combien de fois cette ville a-t-elle été attaquée par ces créatures ?

– Putain, c'était vraiment moins une.

Je jette un coup d'œil à Deimos, qui se passe une main dans les cheveux comme il le fait toujours quand quelque chose de grave est sur le point d'arriver.

– Qu'as-tu offert au garde pour nous faire entrer ?

Il grimace et croise mon regard. La frayeur se cache dans ses yeux.

– Tu ne vas pas aimer ça. Mais ce n'est pas l'endroit pour en parler. Emmenons tout le monde à la taverne pour nous occuper de la morsure d'Ahren. Nous avons besoin d'une chambre.

Il prend la tête avec l'homme qui nous a laissés entrer, sur un petit chemin de terre bordé de bâtisses rondes en bois. Il n'y a personne dehors à cette heure-ci.

– Laissez-moi entrer en premier, lance Deimos par-dessus son épaule en se dirigeant vers la taverne.

Je me tourne vers Guendolyn et la soulève dans mes bras, un sous son dos, l'autre sous ses genoux.

Elle se débat, plaquant sa main contre mon épaule.

– Pose-moi par terre.

– Silence, idiote.

Ahren grimace de douleur, la main crispée sur sa morsure qui saigne. Nous nous tenons sur le côté de la taverne, dans l'ombre. Pourtant, nous sommes des cibles faciles ici.

Je berce Guendolyn contre moi. Elle dégage une odeur magnifique et enivrante, comme les baies les plus sucrées, mais en dessous, c'est son parfum capiteux qui me brise.

Mon cœur bat frénétiquement, et je ne peux me concentrer que sur ses seins pressés contre ma poitrine.

– Venez, ordonne Deimos qui passe la tête par la porte et nous fait signe d'entrer. Ahren entre en titubant, et je lui emboîte le pas.

– Je peux marcher, murmure-t-elle, son corps crispé dans mes bras, et je la serre plus fort. J'adore comment elle se sent si près de moi, le regard noir qu'elle me lance.

– J'en suis bien conscient, dis-je. Le problème est que c'est une taverne d'hommes. Les seules femmes autorisées sont engagées à l'heure. N'importe quelle femme entrant dans cet endroit est une proie facile.

– Tu te moques de moi ? Donc la faille c'est que tu peux y porter ta propre femme ? (Elle lève les yeux au ciel.) Je n'avais pas réalisé que les faë étaient si sexistes.

– Pourquoi ? Les femmes ont leur propre taverne,

dans laquelle nous ne sommes pas autorisés sans invitation.

Ses yeux bleus brûlent de rage. Devant son expression furieuse, j'aimerais qu'on soit seuls pour que je puisse la forcer à s'agenouiller. Pour lui rappeler sa place à mes côtés. Elle se bat contre nous à chaque instant, et ça me manque terriblement chez elle. L'intensité de sa réaction à mon égard m'excite.

– Et les femmes portent les hommes à l'intérieur ? dit-elle avec sarcasme.

Je ricane.

– J'aimerais les voir essayer.

Elle pince les lèvres et regarde l'enseigne de la Roue du cochon au-dessus de la porte de la taverne.

– Un nom approprié.

– Baisse la tête.

J'entre dans la taverne, secrètement terrifié par le pétrin dans lequel Deimos nous a mis. Il n'a jamais été un bon négociateur. Jamais !

La taverne faiblement éclairée sent la bière et le sexe. Cramponnée à la veste de Luther pendant que je suis dans ses bras, j'observe la grande salle. Tous les regards sont braqués sur moi, et ma peau se hérisse. Je suis la femme que ce faë a réclamée et qu'il a l'intention de se taper, d'après tous les hommes qui me reluquent. C'est vrai ! Je brûle de rage à propos de cette connerie. Mais elle est emportée, comme toutes mes émotions, me saignant à blanc parce que je sais que je dois jouer le jeu pour survivre. Au-delà des portes, des loups féroces nous attendent, et ici il y a des faë qui assassineront les princes. Je ne songe même pas à ce qu'ils vont me faire à moi. Je refuse d'avoir ces images en tête.

Une demi-douzaine d'hommes sont assis au bar circulaire sur de hauts tabourets. Une autre poignée occupe les tables éparpillées autour du bar. Des peaux d'animaux sont accrochées aux murs en bois, et dans le coin le plus éloigné, un grand feu ronfle dans une énorme cheminée noire. Ce serait chaleureux s'il ne régnait pas une odeur de basse-cour ici. Des ombres dansent sur le mur derrière le comptoir. Des étagères sont garnies de bouteilles d'alcool de couleurs variées : vertes, oranges et bleues.

Les notes attrayantes d'une flûte jouée par un jeune homme près d'une fenêtre comblent le silence. C'est comme un chant d'oiseau, pur et doux.

Très vite, tout le monde se remet à discuter et à boire, lassé d'observer les nouveaux venus, et les bavardages bruyants étouffent la musique.

Près du bar, Deimos parle à voix basse à celui que je présume être le propriétaire. Il lui glisse quelque chose dans la main. L'homme y jette un bref coup d'œil, et je distingue un éclat d'or dans sa paume ouverte. C'est un grand homme avec une moustache en forme de guidon et des oreilles aussi longues et pointues que son nez. Il est habillé simplement, un pantalon marron et une chemise, mais le sourire avide qui s'étend sur ses lèvres me prouve qu'il n'est pas différent des autres. Même dans ce monde, n'importe qui peut être acheté. D'un geste du menton, il nous guide vers une porte à côté du bar et l'ouvre pour entrer.

Deimos saisit le bras d'Ahren et le pose sur ses épaules tandis qu'ils suivent le tavernier. Une traînée de sang goutte dans leur sillage. Avec une telle perte de sang, à quel point la morsure est-elle grave ? Bien sûr, ce type est un crétin arrogant, mais je ne souhaite pas qu'il meure, ou se transforme en quelque chose, s'il a été mordu. Mon ventre se noue à cette idée.

– Est-ce que ton frère va se transformer en loup-garou ?

Je lève les yeux vers Luther en chuchotant ma question. Je me sens idiote de la poser, mais je suis dans un monde où les racines des arbres sont capables d'attaquer des faë suceurs de sang, alors tout est envisageable.

– Il ne va pas se transformer en quoi que ce soit. Ce n'est pas comme ça que les morsures fonctionnent.

Je ne sais pas trop comment *quoi que ce soit* fonctionne ici.

Luther nous fait passer de côté dans l'embrasure de la porte. Il me rapproche encore plus de lui, nos poitrines serrées l'une contre l'autre. Je me rends compte à quel point il est plus grand et plus puissant que moi.

Il ferme la porte du couloir derrière nous d'un coup de pied, étouffant les bruits de la grande taverne et nous plongeant dans l'obscurité. La lumière ne provient que d'une pièce au bout du couloir, dans laquelle Deimos et Ahren disparaissent dans le sillage du tavernier.

Luther s'arrête, me regarde. Des ombres bougent dans ses yeux dorés qui semblent vaciller comme une flamme.

Mon cœur bat la chamade, la chaleur me submerge. Alors qu'il me regarde comme si rien d'autre au monde n'existait, la langueur familière dans ma poitrine s'intensifie. Celle qui persiste à dire que nous avons un passé commun. Mais il est secret et dominateur. Il ne m'a rien raconté de notre passé.

Ce faë me perturbe, comme les autres. Peut-être que je passe à côté de quelque chose et que je me laisse prendre au charme et à la ruse de ces hommes magnifiques.

Il reste immobile un moment, comme s'il avait cessé de respirer. La chaleur de son corps m'engloutit.

– Ce monde est dangereux pour quelqu'un comme toi.

Je le dévisage simplement… quelqu'un comme moi ?

– Tu dois faire attention à ne pas attirer une attention néfaste, surtout de la part des hommes faë, et surtout dans un endroit comme celui-ci, avertit-il en me reposant sur mes pieds.

Des hommes faë comme lui ?

Il passe une main dans ses cheveux noirs, les muscles de son avant-bras se contractent. Je me noie dans son regard, dans son allure robuste. Ses longs cheveux bruns sont ébouriffés et désordonnés, la veste de style militaire qu'il porte est ouverte à la base de sa gorge.

Ses mains se posent sur ma taille, et il me tient avec force.

– Je ne laisserai rien ni personne te faire du mal, mais tu dois cesser de me résister.

Je penche la tête et contemple ces yeux spectaculaires.

– Si par cesser de résister, tu entends être une chiffe molle, alors ça ne marchera pas.

– Alors qu'est-ce qui marchera ? Te laisser être blessée pour que tu apprennes ta leçon ?

Il fronce les sourcils.

– Non, ce n'est pas ce que je veux dire. (Je ravale la boule dans ma gorge.) Je n'ai pas l'habitude qu'on me porte pour que les autres hommes ne me voient pas comme un coup facile.

Il me regarde en clignant des yeux, et j'ignore s'il est déconcerté ou s'il comprend ce que je dis. Mais cette détermination farouche demeure sur son visage. C'est un prince habitué à obtenir ce qu'il veut, et je suis une fille perdue dans ce royaume insensé, qui n'a aucune idée de la manière dont les choses fonctionnent. La présence de Luther me secoue. Mon cœur me dit qu'il est à moi, mais ma tête insiste sur le fait que nous ne pourrons jamais être ensemble. Alors me laisser aller à croire autre chose est stupide. Pourtant, il me distrait par la façon dont son regard s'attarde sur mon corps.

– Que tu le veuilles ou non, j'interviendrai toujours. Tu ne connais pas ce monde comme moi.

– Je suis capable de prendre soin de moi. Je le fais depuis des années, et peut-être que tu peux me dire quand je m'apprête à mal faire, lui lancé-je. Au lieu de prendre les choses en main à ma place.

Sa main agrippe mon bras et il se penche plus près de moi. Son parfum enivrant me laisse étourdie de béatitude.

– Ce n'est pas pour te contrarier, mais pour m'assurer que tu ne meures pas.

Il demeure tout près, nos fronts se touchent presque, et je me noie dans la chaleur de son corps. Mais je déteste ne pas pouvoir me concentrer sur autre chose que sa poitrine qui se presse contre la mienne. Je ne peux pas faire taire les pensées qui se bousculent dans mon esprit. Moi plaquée au mur, lui qui m'arrache mes vêtements avant de me prendre. Mon ventre se contracte de désir.

Je lutte pour respirer, je lutte contre lui. Mais je ne peux pas m'aventurer sur ce terrain.

– Tu m'as dit tout à l'heure que la malédiction avait effacé mes souvenirs. Pourquoi moi ? Que s'est-il passé entre nous ?

Il soupire, les tendons de son cou se contractent.

– Il y a tellement de choses que je dois te dire quand nous aurons atteint le royaume.

Je me raidis et recule hors de sa portée.

– Non, je ne bougerai pas tant que tu ne m'auras pas dit quelque chose. Je suis lasse d'être tenue dans l'ignorance. J'ai été traînée ici, presque tuée. Je mérite de connaître la vérité.

Luther déglutit avec peine et semble se perdre dans ses pensées. Les coins de ses yeux se crispent.

Il est massif, très grand, et absolument fascinant. Cette mâchoire ciselée attire mon attention sur ses lèvres douces. Son expression est presque stoïque. Je voudrais passer mes mains dans ses cheveux noirs, le forcer à lever les yeux et être honnête. Mais je sais que nous toucher ne ferait que me distraire.

Quand je croise son regard, je vois qu'il est déjà en train de me dévisager.

– Tu as été maudite quand tu étais enfant, Guendolyn.

Je cligne des yeux, le fixant, attendant plus, mais c'est tout ce qu'il me donne. Il m'étudie, et je n'ai aucune idée de ce qu'il pense.

Il s'éloigne, mais je lui attrape le poignet.

– Alors que s'est-il passé ? Je t'en prie, Luther. Je dois savoir.

Je lâche son bras à contrecœur et examine les émotions qu'il combat. L'espoir jaillit dans ma poitrine à l'idée qu'il pourrait enfin tout me dire.

– En revenant au Royaume Errant il y a deux ans, tu as libéré la malédiction qui sommeillait en toi depuis des années. (Il se rapproche, ses mots sont graves et feutrés.) Au moment où tu as franchi le seuil de la Cour des Cendres lors de ta première visite, la malédiction s'est activée et tu es tombée dans un profond sommeil… un sort qui a effacé ta mémoire. Et la prophétie dit que le sang des faë, des Seelie pour être plus précis, va couler pour l'éternité.

– J'ai fait ça ?

– Sans le savoir, oui. (Il baisse la tête et pose une main sur sa poitrine comme si les mots lui faisaient mal, et poursuit d'un ton sombre :) C'est ma faute pour t'avoir amenée ici il y a deux ans. Mais je vais réparer ça. C'est pour ça que nous t'avons ramenée.

– Mais pourquoi ai-je été maudite au départ ?

Ma poitrine se serre à cause de ce que je viens d'apprendre. Le grincement de gonds me fait me retourner. Une jeune femme vêtue d'une longue robe bleue et d'un tablier noir surgit d'une porte à notre droite. Elle transporte un seau d'eau qui gicle, son épaule est tendue et inclinée à cause du poids.

Luther s'éloigne de moi.

– Allons rejoindre mes frères. Nous en discuterons plus tard, dans un endroit où les murs n'ont pas d'oreilles.

Il s'avance vers la jeune femme pour lui prêter main forte. Il prononce quelques mots et elle glousse, clairement captivée par son charme. Elle écarte les cheveux qui lui tombent sur le visage et lui fait les yeux doux.

Je respire à grandes goulées. J'ignore ce petit pincement dans ma poitrine quand Luther porte le seau dans la pièce et qu'elle le suit. Je suis furieuse de voir comment mon corps frémit en son absence.

Les ombres dans le couloir semblent se refermer autour de moi, et pour la première fois depuis ces derniers jours, je suis pratiquement seule. Prendre la fuite n'est pas une option. Je suis coincée chez ces faë. Obligée de retourner à leur Cour des Ombres. Bloquée jusqu'à ce que je me souvienne de qui je suis vraiment et comment rentrer chez moi. Si l'on ajoute à cela le besoin de comprendre cette malédiction, et pourquoi Luther m'a fait venir ici s'il savait que j'étais toxique ?

Rien que d'y songer, un malaise me noue les tripes. Pourquoi me ferait-on porter une telle malédiction pour ensuite me cacher sur Terre ?

J'ai toujours rêvé de découvrir la vérité sur l'identité de mes vrais parents, et la raison pour laquelle ils m'ont abandonnée. Je sais que ces réponses se trouvent ici. Les bribes d'informations que Luther m'a données me le confirment.

Les princes en savent tellement plus qu'ils ne veulent bien me le dire. Ma vie est tout sauf un conte de fées.

La froideur du sol de pierre s'infiltre dans mes vêtements et m'envoie des frissons dans les jambes. Les voix chuchotées de la pièce me parviennent.

Deimos sort la tête de la pièce et me regarde. Pas de mots, juste un sourcil froncé.

Je soupire et me dirige vers la pièce, bourrée de frustration. Je jette un œil au passage dans une autre pièce le long du couloir d'où venait la femme au seau, et la lumière des bougies révèle une autre porte. Le vent la pousse de l'extérieur et tourbillonne dans la pièce. Il cingle mon corps de ses griffes glacées. J'ai la chair de poule tellement il fait froid dehors. Je me précipite dans la pièce du fond.

Au fond, une cheminée crépite, projetant une lumière rougeoyante sur les murs blancs et nus. L'odeur de renfermé et de poussière m'envahit lorsque je pénètre dans la grande pièce aux murs de bois.

Ahren est allongé sur le dos sur l'un des deux lits, gémissant. Sa veste et sa chemise blanche gisent à terre près du lit. Il est torse nu, ses mains serrant le drap. J'ai mal au ventre en voyant la douleur atroce qui se lit sur son visage.

Je ne peux que le contempler, admirer les angles parfaits de son corps, le léger duvet de poils clairs sur sa poitrine musclée, sa mâchoire forte, ses biceps musclés. Je ne devrais pas m'y attarder, mais mon regard se promène sur tout son corps.

À côté de lui, Luther aide la femme à nettoyer les traces de sang sur le flanc d'Ahren. Il y en a énormément, et je lutte contre l'envie de me détourner de la blessure ouverte, de ce rouge foncé, de la chair déchirée.

– Nettoie ça.

Luther me tend un chiffon taché de sang.

Je regarde fixement l'eau qui tourbillonne avec le

sang dans le seau. Me mordant la langue, je plonge ma main dedans avec le chiffon et essore le sang à deux mains. Je le trempe et le rince jusqu'à ce qu'il ressorte presque propre, je l'essore et le remets à Luther.

– Il faut désinfecter la plaie, dis-je, m'attirant des regards curieux de la part de tout le monde. De l'alcool, expliqué-je. Pour éviter que la plaie ne s'infecte.

Le tavernier acquiesce.

– Bien sûr. Garçon, tu viens avec moi.

Il fait signe à Deimos. Tous deux se précipitent hors de la pièce, et quand je me retourne, Ahren lève son regard vers moi.

Vulnérabilité. Je ne vois que ça dans ses yeux. Ses lèvres se tordent dans un grognement, puis ses yeux se ferment. Son corps convulse. Je grimace devant sa douleur. Je suis peut-être bête, mais je ne veux pas le voir souffrir comme ça.

Des pas retentissants pénètrent dans la pièce, et je vois Deimos qui accourt, portant une bouteille transparente par le goulot. Le contenu bleu pâle à l'intérieur remue comme une mer déchaînée par une tempête.

– Bon timing, murmure Luther, en croisant le regard de Deimos.

La servante tamponne son chiffon sur la morsure comportant quatre points de perforation distincts.

Deimos rejoint son frère et lui soulève la tête de l'oreiller.

– Bois. Tu vas en avoir besoin.

Ahren ingurgite plusieurs gorgées avant de renverser la boisson. L'alcool ruisselle sur les côtés de sa bouche et sur son menton. Il repousse la bouteille et grogne.

– Qu'on en finisse, merde.

La jeune servante passe le chiffon humide sur sa blessure une fois de plus. Deimos baisse la bouteille et verse dessus le liquide bleu. Il éclabousse et coule dans les lacérations avant de couler sur son flanc et sur le lit.

Ahren siffle, puis hurle, son corps se tord.

Mon estomac se noue à la vue de sa chair grésillant autour de la blessure.

Je me détourne un instant, la poitrine serrée, incapable de contempler cette souffrance. J'ai les larmes aux yeux, je ne peux pas la supporter. Je jette un coup d'œil à la pièce décrépite, aux rideaux teintés par le soleil, à la commode éraflée. Il y a une petite pièce adjacente qui pourrait être une sorte de salle de bains médiévale avec seulement deux seaux en bois en vue. J'étudie le long tapis cuivré qui fait toute la longueur de la pièce, le plancher en bois ; je me concentre sur n'importe quoi sauf sur les cris.

Quelqu'un me donne un coup de coude sur le bras, et je sursaute.

Je me retourne vers Luther.

– Tu dois maintenir le pansement et appliquer une pression. Tu penses pouvoir le faire ?

Je hoche la tête et me rapproche de lui.

– Bien sûr.

Respirant très fort, je pose ma paume sur les couches de bandages sur le flanc d'Ahren. La chaleur s'infiltre facilement dans le tissu blanc et remonte le long de mon bras.

Les tendons se contractent dans le cou d'Ahren, ses yeux sont toujours fermés, la douleur crispe ses traits.

J'appuie ma main sur la morsure, maintiens les pansements en place, et je m'assieds sur le bord du lit.

Deimos aide la jeune femme à ranger ses affaires, la remercie, et lui porte le seau d'eau sale. Luther les accompagne, refermant la porte derrière eux.

Mon cœur bat la chamade. Il n'y a plus que nous deux. Je regarde Ahren.

La sueur perle sur son front, et je trouve un chiffon humide laissé près de ses pieds. De ma main libre, je l'attrape et essuie son front. Il y a quelque chose de presque normal chez lui, allongé ici. Presque humain. Sauf qu'il est l'héritier du trône de la Cour des Ombres, une information qui m'est toujours restée en tête à son sujet. Fera-t-il un bon roi ?

– Guendolyn, murmure-t-il, d'une voix à peine audible.

– Tout va bien, dis-je. Tu es en sécurité.

Ses yeux s'ouvrent pour révéler des iris d'un vert pâle, comme une feuille verte fanée. Ils sont à moitié vitreux. Je m'attends à ce qu'il fronce le nez ou me regarde fixement, mais non. Il se contente de me fixer, comme s'il voyait quelqu'un d'autre.

– Savais-tu que tu étais destinée à être notre mort à tous ? dit-il doucement.

Ses mots me laissent bouche bée. J'essaie de déchiffrer son insulte.

– Qu'est-ce que tu veux dire ?

Son visage se crispe de douleur, et j'attends quelques

instants que sa respiration ralentisse, tandis qu'il me jette un nouveau regard.

– Luther ne devait pas t'amener dans notre royaume. Tu n'es pas censée être ici.

Je ne sais pas quoi répondre, et je sens le poids du monde sur mes épaules.

– Tu dois arranger les choses, murmure-t-il en fermant hermétiquement les yeux.

Mais je commence à en avoir assez de ces jeux.

– Alors, dis-moi ce qui se passe pour que je puisse prendre la bonne décision. (L'agacement m'envahit. Mon ton monte.) Dis-moi ce que j'ai besoin de savoir !

Il grimace de douleur. Sa main descend vers la mienne et relâche la pression que j'exerce sur sa blessure. Respirant plus facilement, il retrousse ses lèvres.

– Wouah, tu viens de sourire ? dis-je. Je suis presque certaine que le monde va s'écrouler maintenant.

– Ta langue acérée va t'attirer des ennuis.

Il ouvre les yeux.

– C'est ça que tu veux ? Me voir punie pour être venue dans ton monde ?

Je me place près du lit pour mieux lui faire face, ma hanche contre le matelas, ma main toujours sur ses bandages.

Il hausse les épaules et grimace de douleur.

– Tu l'as mérité, dis-je, sans regretter un seul mot.

C'est l'aîné des princes, le faë en passe de devenir roi un jour, mais là, il m'énerve.

– Ce n'est pas pour t'insulter que je te raconte ces

choses, mais pour que tu sois préparée à ce que tu as déclenché.

Il fait une pause un moment, la mâchoire crispée alors qu'il lutte contre la douleur qui le déchire.

– Si quelqu'un m'a maudite, sois en colère contre lui, pas contre moi.

La fureur m'envahit.

– Un jour, j'ai l'intention de tuer le faë qui t'a ensorcelée.

Je me fige, surprise par son aveu, et lui jette un regard incrédule.

– Qui était-ce ? demandé-je, sous l'effet de l'adrénaline. Sais-tu pourquoi il a lancé cette malédiction sur moi ?

Il a le souffle court, et une ombre se glisse dans ses yeux.

– Pour te tuer. (Il me regarde.) Tu viens de la Cour Unseelie, Guendolyn. Si tu y retournes, ils te tueront à vue.

Cour Unseelie… Les mots de Deimos me reviennent.

– *Les Unseelie sont impitoyables et malveillants. Ils sont les plus sombres des faë. Nous sommes leurs ennemis !*

Suis-je l'ennemi de ces princes ?

Je lance un regard à Ahren alors que mon esprit s'emballe.

– Cela signifie donc que les faë Unseelie m'ont maudite ! Mais pourquoi le feraient-ils, alors que la malédiction affecte tout le monde dans le royaume, y compris eux ?

– Il y a quatre cours dans le Royaume Errant,

chacune en phase avec différents dieux, éléments et magie. (Il reste silencieux et immobile pendant un moment, avant de se racler la gorge.) La malédiction a été conçue uniquement pour affecter la Cour des Ombres, pour nous éradiquer. Et depuis deux ans, nous sommes en guerre contre un océan infini de maudits de sang qui attaquent notre royaume, détruisent les villes voisines, et obligent tout le monde à fuir pour sauver sa vie.

Il déglutit avec peine, et son visage devient plus pâle.

— Je ne sais pas comment lever cette malédiction, tu comprends ? Si c'était le cas, je la retirerais immédiatement.

— Tu as besoin de l'aide de nos mages pour annuler cette catastrophe, alors tu dois nous faire confiance.

Les mots s'échappent avant que je puisse les dompter :

— Je ne vous fais *pas* confiance.

La douleur se lit sur son visage, mais soyons réalistes… S'attendait-il vraiment à autre chose ? Je ne le connais pas, et j'ai été entraînée dans ce monde.

— Je ne te *connais* pas, murmuré-je.

— Alors que faut-il faire pour gagner ta confiance ?

Mon dos se redresse à son commentaire.

— Montre-moi comment rentrer chez moi.

— Je promets de t'aider à rentrer chez toi. Indemne. (Il m'étudie, les yeux étrécis.) Une fois que la malédiction sera levée.

— Combien de temps cela prendra-t-il ? demandé-je d'un ton brusque.

— Aussi longtemps qu'il le faudra.

Une lutte s'engage en moi, et la fureur me brûle de la tête aux pieds. Il n'a pas l'intention de se précipiter pour m'aider. Il n'y a que sa cour qui compte pour lui, et moi… je suis la clé pour régler ses problèmes, après quoi on se débarrassera de moi. Ou peut-être qu'on me tuera. Je suis leur ennemie, selon Deimos. Tous les Unseelie le sont.

– Je te déteste, murmuré-je. Je croyais que tu voulais que je te fasse confiance.

– Tu ne peux pas détester quelqu'un que tu ne connais pas. Pas encore, du moins, mais une fois que nous serons chez nous, je te montrerai bien plus. Je peux gérer l'obstination.

Ce petit sourire en coin s'étire à nouveau sur ses lèvres, et j'ai envie de le frapper en plein dans la plaie. Même avec les bandages dessus. Ouais, cela fait de moi une garce, mais je suis furieuse de son arrogance.

– Aïe. (Il essaie de se déplacer dans le lit, en fronçant le nez.) Ça brûle.

– De quoi est-ce que tu parles ?

J'en oublie presque sa blessure.

Il repousse ma main de sa plaie.

– Ta main me brûle à travers les bandages.

– Quoi ? dis-je en essayant de replacer les panse-ments. Mais il se tortille sur le lit, cherchant à s'éloigner de moi.

– On dirait que ta main est en feu.

– C'est ta blessure qui combat l'infection. Ne fais pas le bébé. Reste tranquille.

La chaleur se répand dans ma paume, augmentant de seconde en seconde.

Ahren hurle de douleur et s'écarte de moi sur le lit.

Les bandages tombent sur le matelas.

Sa morsure est complètement guérie : pas de peau abîmée, rien qu'une tache de sang.

Je cligne des yeux devant l'empreinte brûlante de main sur sa chair. L'empreinte de *ma* main.

Il baisse les yeux sur son flanc et les relève vers moi. On lit la fureur dans ses yeux vifs.

– Qu'est-ce que tu as fait ?

Je n'en ai aucune idée, mais je ne peux pas m'empêcher de sourire.

« *Le problème avec l'amour, c'est qu'il vous rend faible.* » Les mots du roi tambourinent dans ma tête. Je détestais quand il me disait ça, parce que ce salaud a épousé *ma* mère. Je déteste toujours cet enfoiré de roi, mais je vois une part de vérité dans ses mots. Tomber amoureux de quelqu'un vous empêche de vous concentrer, cela fournit à vos ennemis une cible facile. C'est comme ça que sa première femme est morte alors qu'elle était enceinte de leur enfant.

La seule raison pour laquelle il a épousé ma mère était sa lignée de la Maison Larmathier, car elle est une membre éminente d'une des plus anciennes et des plus riches familles. Après la mort de sa première femme, le roi avait besoin d'argent et d'une épouse très vite... avant que sa sœur ne s'interpose et ne lui prenne le pouvoir.

Nos royaumes sont des monarchies absolues. Le roi et la reine détiennent le pouvoir, mais il y a quelques restrictions à leur autorité, comme le fait qu'ils doivent être mariés à un époux ou une épouse ayant un héritage acceptable, sous peine de perdre le trône. Le roi ou la reine ne peuvent pas régner seuls. Quant à l'héritier de leur trône, c'est toujours le premier né, l'aîné. Ainsi, le roi actuel n'ayant pas d'enfant de sa première femme, Ahren est prêt à monter sur le trône lorsque le roi et la reine ne seront plus en état de servir. Ajoutez à cela que le roi a fait une chute de cheval désastreuse il y a plusieurs années, le rendant incapable de concevoir d'autres enfants. Il s'est donc résigné à nous adopter tous les trois comme si nous étions les siens et à laisser Ahren monter sur le trône un jour.

Bien sûr, cela devient délicat, car non seulement Ahren, en tant qu'héritier, doit monter sur le trône, mais aussi se marier immédiatement pour prétendre à cette position.

Je parcours le couloir du regard jusqu'à la pièce fermée, où Ahren et Guendolyn attendent. Ma petite louve apporte une confusion chaotique dans ma vie. Les faë Seelie et Unseelie n'ont pas le droit d'être ensemble. Ma poitrine se serre et mes nerfs crépitent à la perspective de ce qui va arriver. Le naufrage est sur le point de m'entraîner dans les fosses des Sept Enfers, et je ne suis pas capable de m'écarter du chemin de la destruction.

La porte du couloir s'ouvre, et je me détache du mur. Deimos fait irruption.

– On devrait parler, lui lancé-je.

Il se hérisse et me regarde derrière ses paupières mi-closes.

– De quoi ?

– Du voyage au royaume de la Terre, vu qu'on n'a pas eu le temps de vraiment en discuter.

– Tu es resté assis ici tout ce temps pendant que je les aidais à puiser de l'eau au puits pour me demander des nouvelles d'elle ? Merde, tu es si transparent, mon frère.

– Tu me comprends mal, mens-je entre mes dents, mais j'en ai assez qu'il me fasse la morale à propos de Guendolyn. La Terre n'est pas un endroit facile où voyager. Et tu as mis trop de temps à revenir.

Il se passe une main sur le visage.

– Eh bien, tout d'abord, je n'étais pas censé y aller seul, ni m'occuper seul de cette fille têtue, ni avoir deux maudits de sang aux fesses que j'ai dû affronter seul. Mais *ne me remercie pas* de te l'avoir ramenée. J'ai traversé l'enfer, grogne Deimos.

– Ne fais pas ta mauviette.

Il se raidit à ma réponse. On devine une noirceur dans ses yeux, une colère implacable.

À ce rythme, on va finir par se battre tous les deux par pur entêtement. Je m'approche et pose ma main sur son épaule, serrant légèrement la fine chemise humaine qu'il porte.

– Détends-toi. Depuis quand tu es si sérieux et n'apprécies plus la plaisanterie ?

Il me secoue et se passe une main dans les cheveux. Cela lui prend quelques instants, puis il me jette un regard en coin avec un sourire. Il est là, le frère avec qui j'ai grandi et avec qui j'ai traversé tant d'épreuves.

– Merci de l'avoir amenée en toute sécurité ici.

Il sourit à moitié, mais son front est plissé.

– Qu'est-ce qui t'arrive ? lui demandé-je.

Pendant un moment, Deimos reste figé, les yeux rivés sur le mur derrière moi.

– Il se peut que j'aie fait une connerie.

Deimos n'admet jamais une erreur, jamais ! Ces mots pèsent sur ma poitrine comme une montagne.

– Qu'est-ce que tu as fait ?

La douleur manifeste amincit ses lèvres. Son regard dévie vers le mien.

– J'ai besoin d'un remontant.

Il se tourne vers la porte menant à la taverne, mais je m'élance et saisis son bras.

– Parle-moi maintenant. Que s'est-il passé ?

Des scénarios s'enchaînent dans ma tête... en rapport avec Guendolyn et lui ensemble.

Son hésitation me tue, et je le serre plus fort. Mes muscles sont tendus comme jamais.

– J'ai peut-être offert à cette ville paumée, Swindon, l'allégeance de notre royaume.

Il se libère de mon emprise et fait les cent pas dans le couloir.

– Bordel, pourquoi as-tu fait ça ? Tu n'as pas employé ta voix persuasive ?

– Bon sang, tu crois que je n'ai pas essayé ? Ça ne marche pas toujours quand je suis stressé.

Je le rattrape et lui saisis le coude avant de le traîner dans la taverne.

– J'ai besoin d'un foutu verre maintenant.

Je pousse la porte du couloir et entre dans la taverne. La moitié des ivrognes ont quitté l'endroit, qui est beaucoup plus calme. Une douce mélodie plane dans l'air, jouée par une seule flûte.

– Deux verres de Noxious, lancé-je par-dessus mon épaule au tavernier.

J'entraîne Deimos dans le coin le plus éloigné de la salle, où nous pourrons être seuls et près du feu pour chasser ces frissons.

– Assieds-toi, ordonné-je à mon frère cadet. Alors, c'est comme ça que tu nous as fait franchir ces portes. Tu lui as offert notre allégeance ? (Mes genoux rebondissent sous la table.) Tu ne pouvais pas lui offrir autre chose, comme ton premier-né ?

Clairement, mon sarcasme ne marche pas, mais cette connerie pourrait le faire tuer. Le roi Tibout a beau être notre beau-père, il trouverait n'importe quelle excuse pour nous éradiquer.

– Si le roi l'apprend, il te tuera ou t'emprisonnera à vie. Personne n'a le droit de décider à qui nous devons prêter allégeance.

– Tu crois que je ne le sais pas ? aboie-t-il, juste au moment où le tavernier apporte deux verres remplis d'une boisson cuivrée.

Le Noxious est produit à partir d'une plante vénéneuse qui fermente durant des semaines jusqu'à ce qu'elle puisse être consommée sans danger. Ce truc produit un léger picotement, et il est connu pour provo-quer une intoxication rapide si vous en buvez trop. Mais c'est sacrément fort, et j'ai besoin de cette saleté maintenant.

Sitôt le patron parti, Deimos siffle la moitié de son verre. Il frissonne et fronce le nez, puis boit le reste.

– Nous étions à la porte. Les Leacnans étaient presque sur nous. Tu criais. Guendolyn gémissait. Et Ahren semblait près de mourir. Et cet enfoiré a demandé notre allégeance à un moment où je ne pouvais pas dire *non*.

Deimos déglutit avec peine et fait signe au tavernier, puis désigne son verre vide pour commander une autre tournée.

– J'ai arraché la broche du blason de notre cour du manteau d'Ahren devant la porte, et je l'ai donnée à l'homme comme confirmation pour nous laisser entrer.

– Tu sais ce que ça veut dire ?

Ma respiration se fait forte et rapide, et ma mâchoire se serre.

– Bon sang, oui. Ils peuvent faire appel à notre engagement pour les aider à tout moment, mais ils n'ont pas besoin de nous prêter allégeance. Bordel, je suis dans la merde.

– C'est exactement comme ça que la maison Gailet est tombée, tu sais. Forcés de tenir un tel pacte, ils ont été pris en embuscade et tués. Et maintenant, nous sommes obligés de protéger ces villageois qui nous poignarderaient dans le dos à la moindre occasion.

Un malaise s'installe sous mes côtes avec ce sentiment d'être acculé. Cela nous concerne tous, et ça m'irrite que nous nous retrouvions dans cette situation pourrie.

Je jette un coup d'œil aux ivrognes dans la salle. La plupart sont probablement des mercenaires.

– Tu ne me remontes pas le moral !

J'acquiesce en terminant mon verre, l'arrière-goût

d'agrumes amers et sucrés s'attardant au fond de ma gorge. Notre deuxième tournée arrive.

– Alors qu'est-ce qu'on fait ? demande Deimos, l'air paniqué. Après avoir aidé la servante à porter le seau d'eau, je suis retourné parler au garde de tout à l'heure pour lui proposer de reprendre la broche et de lui offrir une grosse somme d'or en échange. Il m'a ri au nez et m'a dit qu'il avait déjà donné la broche au seigneur de Swindon. Je l'aurais tué sur place s'il avait eu la broche. Putain de fumier.

– Merde ! Bon. D'abord, on ne dit pas un mot de tout ça à Ahren. (Je me penche et scrute la salle pour m'assurer qu'il ne nous a pas surpris.) Tu sais comment il est quand il est stressé. Il se comporte comme un con et ne peut pas se taire. Ensuite, qu'est-ce que cet horrible marché nous apporte de plus ? Une calèche pour rentrer chez nous ?

– Je m'en occupe, dit-il en prenant son autre verre de Noxious.

– Et enfin, nous allons devoir trouver un plan pour traiter avec le roi quand ce seigneur se présentera à notre porte.

– Ça va mal se passer, je le sens.

Deimos finit son verre en une longue gorgée. Il va le sentir demain matin s'il n'arrête pas.

– Le roi ignore que tu as ramené Guendolyn il y a deux ans et qu'elle a déclenché la malédiction. Il ne sait certainement pas qu'on est retourné la chercher pour la ramener maintenant. C'est juste nous. Si nous voulons survivre, personne ne doit le savoir.

Ma tête tangue déjà et peut-être que boire ça si vite sur un estomac vide n'était pas une très bonne idée.

– Nous restons ensemble, poursuis-je. On ramène Guendolyn saine et sauve à la maison, puis on parle avec mon mage pour l'aider à réparer son lien avec la malédiction. Et on prie pour que le seigneur de cette ville ne vienne pas frapper à notre porte de sitôt.

Deimos se met debout, et je me lève pour le rejoindre ; la pièce s'incline légèrement. Nous la traversons tous les deux, et j'ai l'impression de flotter. Ça monte vite dans ma tête.

– Cette boisson est plus forte que dans mon souvenir, remarqué-je.

– Ahren va être énervé de nous voir tituber.

– Chut.

Je mets ma main sur sa bouche, je me sens tellement ivre à présent que j'ai du mal à tenir sur mes pieds.

Il repousse ma main et rit. C'est contagieux, et je hurle de rire. On est dans une sacrée merde, et je ne peux pas m'arrêter de rire.

Je jette un coup d'œil au patron qui nous regarde. Je fouille dans ma poche et en retire cinq couronnes d'or, ce qui couvre largement nos boissons. Je les lui donne, et il les regarde avec des yeux exorbités. En vérité, cette ville nous doit bien plus qu'une chambre pour une nuit et quelques verres pour l'allégeance de notre royaume, mais je ne ferai pas payer à cet homme les décisions prises par d'autres.

Appuyés l'un contre l'autre, Deimos et moi titubons dans le couloir. Je pousse brusquement la porte d'un coup de paume.

Guendolyn et Ahren se font face de part et d'autre du lit. Ils sursautent tous les deux et nous dévisagent. Deimos claque la porte et se retourne avant de s'affaler par terre à plat ventre. Deux secondes plus tard, il ronfle comme un ours.

– C'est quoi ce bordel ? grogne Ahren.

Mais mon attention se porte sur l'empreinte de main rouge pulsatile sur le flanc de mon frère.

– Hé, ta morsure est partie.

J'ai un hoquet, et mon rire s'échappe de mes lèvres tandis que ma tête tourne.

– Apparemment, Guendolyn est une guérisseuse, grogne Ahren. Vous avez bu tous les deux ?

Je la regarde, et mon cœur bat si fort que je n'entends que lui.

– Tu es si belle.

Je suis attiré par elle, comme toujours depuis notre première rencontre. Enjamber mon frère est une erreur. Le bout de ma botte s'accroche à lui, et je tombe aussi en avant. Ma tête heurte le plancher et je ne pense qu'à Guendolyn. Guendolyn, et dormir.

— Qu'est-ce qui s'est passé ? murmuré-je en contemplant les deux princes allongés sur le sol, profondément endormis.

– Ces idiots sont allés se soûler.

– Aussi vite ? Ils ne sont partis que quinze minutes, pas plus.

– Ils ne savent pas tenir l'alcool, grogne Ahren.

Il traverse la pièce d'un pas lourd et ferme la porte à clé. J'observe le mouvement fluide des muscles qui se contractent dans son dos, la force de ses épaules, le pantalon noir moulant ses fesses. Quand il marche, on dirait plutôt qu'il rôde, son corps irradiant de la puissance. Je ne peux m'empêcher de frissonner devant sa présence primitive.

En le regardant de plus près, je remarque les marques de fouet cicatrisées qui sillonnent son dos. Je grimace, et mon cœur se serre. Quelqu'un l'a blessé à ce point ?

Il se tourne vers moi, et je baisse les yeux sur ses

frères. Je me mordille la joue, incapable de ne pas voir les blessures.

Quand je relève les yeux, Ahren étudie l'empreinte de ma main, essayant de l'effacer avec son pouce.

– Ça va laisser une cicatrice ? lui demandé-je.

Je m'accroupis près de Luther et écarte ses cheveux de sa figure. Il s'est vite endormi et se sentira probablement comme une merde demain. Bien fait pour lui d'avoir bu en me laissant seule ici avec son frère grincheux.

– Elle devrait disparaître dès que ma blessure sera complètement guérie. Ton empreinte est comme un bandage magique. Bien que j'aie vu certaines marques de guérison rester pendant des années.

– Si elle reste, l'empreinte d'une main de fille sur ton corps pourrait être difficile à expliquer lors de ta nuit de noces.

Je ris à moitié en songeant à cette image.

– Elle saurait que c'est une marque de guérison, répond-il avec raideur, passant à côté de mon sarcasme.

– C'était une blague, dis-je en me levant. (Il me regarde, confus, mais je suis trop fatiguée pour expliquer ma pauvre plaisanterie.) Alors qu'est-ce qu'on fait maintenant ?

– On va dormir un peu, et demain matin on rentre à la maison.

Il se dirige vers son lit en boitant légèrement, ce qui m'indique qu'il a encore mal.

– Et eux ?

Je désigne ses frères.

– Ils dorment. Pour ma part, ils peuvent rester là. C'est ce qu'ils méritent pour s'être soûlés.

– Tu es dur.

Je gagne l'autre lit et attrape un des deux oreillers, puis j'en arrache un du lit d'Ahren et me dirige vers les princes sur le sol.

– Avoir le cœur sensible peut te coûter la vie au Royaume Errant, explique-t-il alors que je soulève la tête de Deimos pour glisser un oreiller dessous.

Je fais de même avec Luther avant de retourner à mon lit. Il est parallèle à celui d'Ahren, et je préférerais qu'il soit dans une autre pièce. Il secoue ses draps tachés de sang avant de grimper du côté propre. L'empreinte de ma main sur son flanc paraît légèrement plus pâle.

– Je suppose qu'il faut déjà avoir un cœur, rétorqué-je.

J'ôte les chaussettes de laine de Luther et me glisse sous les draps de mon lit tout habillée. J'aimerais bien enlever ce jean moulant, mais ce n'est pas près d'arriver en compagnie de ces trois faë.

– Un jour je serai roi, et montrer un tel manque de respect peut te valoir une pendaison par les chevilles dans le champ de la mort.

– Tu pourrais aussi bien être un dieu. Tu n'en es pas moins un abruti arrogant, grondé-je.

Il m'agace au plus haut point, et après tout ce qui s'est passé aujourd'hui, je suis prête à dormir et à oublier tout ça.

Je tourne le dos à Ahren qui souffle la bougie sur la table de chevet entre nous. Il grommelle, et son lit gémit quand il remue, tentant de se mettre à l'aise. Je n'ai

jamais rien fait pour blesser ce faë. Je l'ai même guéri...
Dieu sait comment j'ai fait ça, mais je ne comprends pas
pourquoi il est si hostile à mon égard.

Une fois qu'il s'est installé, ne reste plus que la lueur
du feu dans l'âtre, qui projette des ombres sur le mur. Il
y a quelque chose d'apaisant dans le bruit d'un feu
crépitant. Enfin, à part les légers ronflements des deux
princes qui dorment sur le sol.

— Guendolyn, dit Ahren, d'une voix douce et
apparemment calme.

— Ouais ?

— Merci.

Je ne m'attendais pas à un tel mot de la part de M. *Je
vis dans une tour d'ivoire et je te tuerai dès que je me sentirai
insulté.*

— De rien, soufflé-je en levant les yeux au plafond
couvert d'ombres tournoyantes.

Je suppose qu'il me remercie de l'avoir soigné. Et du
coup, je repense à ces marques sur son dos. C'est pour
ça qu'il est si irritable ?

— Comment tu as eu ces blessures sur ton dos ?
demandé-je.

Il ne répond pas tout de suite, et je me dis qu'il ne le
fera pas. Je n'ai pas à me montrer indiscrète, mais la
curiosité a toujours raison de moi.

Il prend une inspiration, et le lit grince sous lui
tandis qu'il se tourne pour me faire face.

— Quand j'étais enfant, mon vrai père me fouettait
quand je lui désobéissais.

Son ton est très détaché, comme s'il s'était entraîné

pendant longtemps à dissocier toute émotion des coups qu'il recevait.

Je me laisse aller à la compassion qui me ronge de l'intérieur, et je ne peux m'empêcher de me sentir horriblement mal pour l'avoir engueulé. Je me tourne sur le côté et lui fais face. Les ombres dansent sur son visage fort.

– Il m'a l'air d'une foutue tête de nœud, dis-je.

– Ce faë avait un côté sombre, et quand il me regardait avec le mal dans les yeux, je savais ce qui allait arriver. Mais quand il a commencé à prêter attention à mes jeunes frères, je suis intervenu et je l'ai attaqué. Il m'a cassé les côtes et le bras, et j'ai mis des semaines à m'en remettre, même avec l'aide d'un guérisseur. Rien de ce que maman a fait ne l'a arrêté.

– Je suis désolée que tu aies eu à subir ça. Je ne sais pas quoi dire à quelqu'un qui a subi de tels abus.

Ça fait mal d'entendre son histoire, et ça me rappelle la chance que j'ai eue avec ma mère d'accueil, qui m'a aimée dès que j'ai emménagé dans sa famille.

– C'était il y a longtemps, et ça me rappelle le genre de roi que je ne deviendrai jamais. Bref, bonne nuit, Guendolyn.

Seuls les doux ronflements des frères remplissent le vide entre nous.

– Juste une dernière question, s'il te plaît, lui demandé-je. Pourquoi tu me détestes ?

– Je ne te déteste pas, répond-il aussitôt d'un ton cassant. C'est plutôt le contraire. Je m'inquiète juste pour mes frères.

Il n'ajoute rien et roule sur le dos avant de fermer les yeux.

Tout le contraire… Ça veut dire que je lui plais ? Mais il pense que je vais faire du mal à ses frères.

Cette idée me trotte en tête.

Je ne sais pas quoi en conclure, alors je tire le drap jusqu'au menton et je ferme les yeux. Le sommeil survient plus vite que je ne l'aurais cru.

---

es cimes des arbres scintillent sous le clair de lune. Debout sur la plate-forme au milieu des arbres, j'ai l'impression de pouvoir toucher les étoiles.

– Regarde-moi.

La voix de Luther est rauque et féroce. Je me tourne et contemple ses traits époustouflants.

Le désir se cache derrière ses yeux intenses, et je serre les cuisses sur la chaleur qui monte. J'adore ce regard sur son visage, l'idée d'avoir un tel contrôle sur lui.

L'électricité grésille sur ma chair.

Il se penche plus près, enfouit son visage dans mes cheveux, me respire.

– À moi, murmure-t-il.

Il approche ses lèvres des miennes, et le désir m'envahit. Une langueur désespérée m'envahit, mon cerveau fait des étincelles. J'ouvre la bouche et gémis quand il y glisse sa langue, bataillant avec la mienne.

J'enfouis mes mains dans ses longs cheveux, les tire.

Sa prise se resserre, et je laisse échapper un halètement d'excitation.

Je fais courir mes mains sur ses fortes épaules, sur les replats durs de sa poitrine et de son ventre. Mes doigts glissent sous sa chemise et trouvent une peau brûlante. Il soupire à mon contact, me serre plus fort contre lui, m'embrasse avec brutalité. Ça me fait peur de me laisser aller, de le désirer autant que ça.

Je le veux. J'ai besoin de lui. Purement et simplement, il me faut cet homme magnifique.

Ses baisers dérivent sur ma joue, sur mon front, et jusqu'à mon oreille.

— Il y a tellement de secrets que je compte partager avec toi, ma petite louve. Des secrets qui feront de toi la faë la plus puissante du Royaume Errant.

Je me fige et lève les yeux vers lui. Le bord mortel de l'excitation où il m'a amenée a disparu.

— De quoi tu parles ?

Ses mains serpentent le long de mon dos, se posent sur mes fesses. Son regard se concentre sur moi.

— Pourquoi penses-tu que tout le monde dans le royaume te connaît ?

— Peut-être parce que...

Un hululement perçant retentit quelque part dans les bois. Je tressaille en réponse, et mon cœur frissonne.

Luther s'écarte de moi et jette un coup d'œil par-dessus la balustrade. Son visage pâlit violemment quand il se retourne vers moi.

— Nous devons y aller. Maintenant !

CHAPITRE 18

GUEN

L'odeur des œufs me tire du sommeil, mais mon esprit flotte toujours sur mon rêve de Luther. Un rêve parfaitement excitant qui me fait désirer ses lèvres et ses caresses, mais au fond de mon esprit, je ressens aussi l'urgence de ce rêve. Le besoin de fuir quelque chose de grave. Je soupire, car je ne me souviens pas de ce que c'était... Encore une pièce du puzzle qu'est ma mémoire. Je me rappelle le moment, mais pas ce qui est survenu avant ou après. Seulement les émotions liées à combien je me languissais de lui. Si c'est ne serait-ce qu'une infime partie de ce que nous avons vécu ensemble, je commence à comprendre sa réaction la nuit dernière quand il a découvert que je ne me souvenais pas de lui.

Mon estomac gronde bruyamment de faim, et j'entends le tintement de couverts contre des assiettes quand je me redresse. Je lève la tête et mes yeux s'ouvrent sur les trois princes autour de la petite table dans

"

la chambre, prenant leur petit-déjeuner en buvant ce qui ressemble à du café.

– Vous n'avez pas intérêt à manger ma part, coassé-je.

Ma bouche me donne l'impression d'avoir avalé un porc-épic.

– Bonjour, dit Luther. Il y en a plein pour toi.

Deimos s'écarte et tire la quatrième chaise entre Luther et lui.

Comme un zombie, je titube vers l'odeur de la nourriture et m'affale sur la chaise. Je prends une tranche de pain, l'enduit de beurre et de marmelade. Sur ma langue, c'est le paradis, et je me ramollis sur ma chaise en la dévorant. La dernière chose que j'ai mangée c'est un peu de lapin et je n'étais pas fan.

Luther remplit mon assiette d'œufs et de tranches de viande grillée.

Mon regard passe d'un prince à l'autre, chacun vêtu des mêmes habits qu'hier, mais leurs visages sont frais, leurs cheveux parfaits, alors que moi, je me sens comme un monstre qui vient de se traîner hors d'un marécage.

– Pourquoi ne m'avez-vous pas réveillée si vous étiez debout si tôt ? leur demandé-je.

Je tapote mes mèches blondes rebelles qui doivent être tout ébouriffées.

– Tu étais si mignonne quand tu dormais, dit Ahren.

Il boit du café dans une tasse en céramique de couleur terre, comme s'il ne venait pas de me qualifier publiquement de *mignonne*. Je repense à notre conversation d'hier soir, à son inquiétude de me voir blesser ses frères. J'ai envie de rire parce que je ne suis pas du tout une fille qui profite des garçons. Je n'en ai pas qui se pâment devant moi ; toute cette attention est nouvelle pour moi.

À la moitié de mon assiette, je lève les yeux sur Deimos.

– C'était comment, par terre ? me moqué-je en souriant à Luther.

– Ma meilleure nuit depuis des années, rétorque Deimos, un sourire narquois aux lèvres. (Il se lève pour quitter la table, se dirige vers la commode et en sort une pile de vêtements et des chaussures.) J'ai réussi à te trouver quelque chose de propre à porter. Avec un peu de chance, ça t'ira.

J'avale la nourriture dans ma bouche et pivote sur ma chaise.

– Wouah. Merci. Où les as-tu eus ?

– Le garde de cette ville me devait un service, dit-il doucement.

Je me lève aussitôt.

– Où est la salle de bains ?

Ahren et Deimos me regardent, confus.

– La quoi ? demande Ahren.

– Les latrines, répond Luther, et je n'ai jamais entendu appeler les toilettes ainsi.

– Nous allons te laisser ici pour te changer, puis je te montrerai les latrines… la salle de bains quand tu seras prête.

Deimos traverse déjà la pièce, et ses frères le suivent. Sans attendre ma réponse, ils sortent dans le couloir et referment la porte, me laissant seule.

J'ôte mon jean avec quelques efforts de mon corps

moite. C'est rafraîchissant d'avoir les jambes libres. J'enlève ma chemise et prends la robe de Deimos. Elle est de couleur grenat. Je la fais glisser par-dessus ma tête, enfile les manches courtes sur mes bras. Le tissu est épais, tel un velours pelucheux, et il tombe en cascade jusqu'à mes chevilles en de douces vagues. Autour du corset noir, je tire sur les lacets pour l'attacher sans comprimer mes poumons. Je me regarde, l'encolure carrée est basse sur ma poitrine. Mes seins sont considérablement remontés dans cette tenue. Je replie les bords de mon soutien-gorge noir qui dépassent, puis j'attrape les bottes noires et les enfile. Une coupe parfaite. Deimos a fait du bon travail.

Je plie mes vêtements sur mon lit, ils sont sales et les ourlets de mon jean sont déchirés. Je gagne la porte et l'ouvre : les princes interrompent subitement leur conversation.

Trois paires d'yeux sur moi.

– Merde, dit Luther. Tu es magnifique.

Ahren et Deimos ne disent rien, mais je ne suis pas aveugle à l'appréciation sur leurs visages. Ça me laisse sans voix. Je ne suis normalement pas du genre à porter des robes, alors leur admiration me donne un énorme coup de fouet.

– Allons-y, dit Deimos.

La tête basse, je passe devant les deux princes et je suis Deimos jusqu'au bout du couloir.

Par-dessus mon épaule, je vois Ahren entrer dans la chambre et Luther me suivre du regard. Il fait trop sombre pour capter son expression sous cet angle, mais des papillons pullulent dans mon ventre.

Deimos s'arrête devant une porte et m'emmène par un autre couloir jusqu'à une porte qui s'ouvre sur l'extérieur.

Une brise glaciale balaie mon visage, et je serre mes bras autour de moi. Le soleil est là, le ciel est bleu, mais il fait un froid glacial. Pourtant, d'une certaine manière, cette journée ressemble à un nouveau départ. Plus loin, des chevaux sont attachés au milieu de grands arbres à l'écorce noire.

Sans m'attendre, Deimos emprunte un chemin dans les bois jusqu'à des toilettes extérieures en bois. Je soupire bruyamment, ma peau se crispant déjà à l'idée d'entrer là-dedans.

– Hé, attends ! crié-je en me dépêchant de suivre le prince. Qu'est-ce qui se passe ? Pourquoi es-tu aussi distant ?

Il me regarde. Ses lèvres se retroussent comme s'il était surpris par ma question, mais je ne suis pas dupe de son attitude. Au lieu de répondre, il ouvre la porte des toilettes.

– Dépêche-toi, dit-il. Nous devons partir bientôt. J'ai mis un seau d'eau fraîche pour toi.

Je le regarde fixement, les mots bouillonnent dans mon esprit, mais l'impatience dans son regard me fait comprendre qu'il ne va rien me dire. Je pénètre donc à l'intérieur et je tire la porte derrière moi.

La cabane est éclairée par une minuscule fenêtre située en haut du mur. Sur un petit banc à ma droite, il y a un seau d'eau, et j'y jette un coup d'œil. Elle a l'air cristalline, mais je ne la touche pas.

– Guendolyn, m'appelle Deimos d'un ton pressant.

Je serai de retour dans deux minutes. J'ai repéré le seigneur de cette ville. Je dois lui parler. Je ne serai pas long.

– D'accord, bien sûr. Peu importe.

Ses pas s'estompent.

Contre le mur du fond se trouve un banc fermé avec un couvercle ovale au-dessus de ce que je soupçonne être le trou des toilettes. À côté, il y a un petit tas de feuilles finement taillées. Wouah, je n'arrive pas à croire que je suis sur le point de faire ça. Je déglutis et me dépêche d'en finir. À ma grande surprise, ça ne pue pas tant que ça et je prends mon temps. Il s'avère que les feuilles ne sont pas très différentes du papier toilette et sont tout aussi malléables. Le temps de finir et de me laver les mains, je sors et je respire, soulagée. La brise fraîche qui tourbillonne sur ma peau et autour de mes jambes est incroyable.

En regardant autour de moi, je ne vois pas trace de Deimos. Pensant qu'il est encore en train de parler au seigneur de cette ville, je retourne sur le chemin érodé au milieu des pins éparpillés. L'air est frais aujourd'hui, la température est tombée à zéro.

Le craquement de feuilles sèches me parvient sur ma droite et je me retourne, m'attendant à voir Deimos. À la place, c'est une brute en pantalon noir avec des boutons qui courent sur le côté. Sa chemise blanche a des manches longues à volants, et sa barbe hirsute et ses cheveux rêches et fous indiquent que soigner son apparence n'est pas une priorité.

– Es-tu perdue ? demande-t-il en lorgnant mon corps et s'arrêtant sur ma poitrine.

Je fronce les sourcils et me détourne.

– Non, je ne suis pas perdue.

Je reprends ma marche, mais il saisit mon poignet et me fait reculer. Il me pince si fort que ça me fait mal. Je me retourne et envoie mon poing dans sa grosse tête.

Il ne bouge pas ni ne réagit, il se contente de sourire, révélant des dents manquantes. Celles qui lui restent sont tachées de jaune.

Un frisson me parcourt l'échine.

– Beurk, lâche-moi !

Je lui balance un coup de pied dans le tibia.

– Aïe, espèce de sale conne !

Il me tire contre lui, une main agrippant mon sein. J'enfonce mon poing dans sa poitrine et je crie, mon pouls en feu à l'idée que ce con pense que c'est normal de me faire du mal.

Une grande main se referme sur le poignet de l'homme, une autre sur sa gorge, et l'arrache de moi.

Je trébuche à cause de l'élan.

– La dame a dit *non*, grogne Deimos.

Il envoie son poing dans la figure du type, le faisant vaciller en arrière. Ses muscles se contractent alors qu'il marche sur ce porc.

– Je-je ne s-savais pas qu'elle était avec toi, balbutie-t-il.

Deimos ne s'arrête pas et assène une série de coups de poing à cet enfoiré. Bougeant rapidement, il lui saisit le poignet puis lui casse l'avant-bras sur son genou.

Aïe. Je grimace, abasourdie par ce que je viens de voir.

Des cris de douleur percent l'air, effaçant l'impression d'une matinée magnifique. Mais je ne peux pas détourner le regard. Je veux que cet homme souffre pour ce qu'il a voulu me faire.

Il tombe à genoux, tenant son bras plié dans le mauvais sens.

Je frotte mon poignet douloureux, mon cœur battant fort dans mes oreilles.

Deimos essuie le sang de ses mains sur son pantalon et revient vers moi d'un pas décidé.

Je ne peux que penser à quel point je l'adore pour ce qu'il vient de faire, à quel point il est incroyablement beau quand il se montre protecteur. Quelque chose en moi se réchauffe à cette pensée. Et c'est là que je réalise pourquoi ça me dérange tant qu'il m'ignore. Je suis en train de tomber amoureuse de lui trop vite.

CHAPITRE 19

LUTHER

– **N**ous devons partir, commande Ahren en se levant de table. Nous avons une bonne distance à parcourir avant d'arriver chez nous.

Je n'ai pas envie de penser à ce qui nous attend, alors j'acquiesce. Nous sortons dans le couloir et nous dirigeons vers le bar. L'endroit est complètement désert, à l'exception du patron qui lave des verres dans l'évier.

– Luther, va chercher les deux autres. Je vais trouver les chevaux que Deimos nous a réservés et payer notre séjour.

Je suis prêt à quitter cette ville, bien qu'une partie de moi caresse l'idée de rendre visite au seigneur... Cela ferait-il une différence ? Ce que Deimos a offert à cet homme équivaut à trouver le trésor d'un dragon. Il vient d'obtenir l'immunité contre nos attaques et la protection contre quiconque. Mais en vérité, comment puis-je blâmer Deimos ? J'aurais fait la même chose à sa place. C'était une question de vie ou de mort, non ? Je doute juste que notre roi soit si prompt à accepter. Mais nous devrons le dire à Ahren une fois arrivés chez nous. Il doit savoir, même s'il sera furieux.

Les règles stipulent qu'une allégeance offerte par un membre de la famille royale immédiate doit être honorée. C'est pourquoi le roi a interdit à chacun d'entre nous d'offrir de tels cadeaux.

Dehors, le vent est vif et froid. Il y a quelques personnes en ville, dont un fermier qui promène deux vaches en plein milieu. Trois de ses fils, âgés de dix ou onze ans, tirent une botte de foin derrière eux à l'aide d'une corde. Les enfants sont chétifs et maigres, aux oreilles pointues et aux yeux sont énormes lorsqu'ils me regardent. Je plonge la main dans ma poche et en retire trois couronnes d'or, puis je m'approche d'eux.

– Un petit quelque chose pour votre dur labeur. Mettez-les dans votre poche et ne les regardez pas avant d'arriver chez vous.

J'en place une dans chacune de leurs petites mains sales.

Je me détourne d'eux au moment où la voix de Deimos retentit aux alentours du bâtiment, et me dirige donc dans cette direction.

Au loin, un petit enfant applaudit avec excitation, et je souris en mon for intérieur.

Je passe le coin de la taverne et aperçois mon frère et Guendolyn.

– Il t'a fait du mal ? grogne Deimos, en prenant Guendolyn par les bras.

Je m'arrête et regarde, mon pouls battant soudain la chamade. Je ne devrais pas voir ça, mais je ne me décide pas à bouger. Plus loin, sur la gauche, un homme à genoux pleure et renifle comme un bébé. Ce bâtard a dû poser la main sur Guendolyn, et ma rage gronde. Je vais lui arracher la colonne vertébrale.

Elle secoue la tête vers Deimos.

Mon frère la tire dans ses bras, une main derrière sa tête, l'autre sur son dos.

Un brasier flambe dans ma poitrine. Elle fond contre son torse, et à voir sa tendresse envers lui, mes poumons se serrent. Je suffoque.

– Tant mieux, dit-il. Sinon, j'aurais étripé ce fumier. Peut-être que je le ferai quand même pour avoir osé te toucher.

Il la serre fort et elle l'enlace. Ses petits bras s'enroulent autour de son corps.

Elle le regarde comme elle me regardait avant… Je recule au coin de la rue et m'adosse à la bâtisse en bois. Une flamme me brûle la poitrine. Mes mains se crispent alors qu'elles ne devraient pas, car je partage tout avec mes frères. Le problème, c'est que j'ai perdu ce que j'avais, et ça me serre le cœur.

Je me décolle du mur au moment où Ahren sort de la taverne.

– Tu les as trouvés ? demande-t-il.

Ses yeux s'écarquillent quand il regarde par-dessus mon épaule. Des pas se rapprochent, et je n'ai pas besoin de me retourner pour savoir que c'est eux. Si je regarde Deimos maintenant, je vais le plaquer contre le mur. Je ne devrais pas être jaloux, mais ça me ronge comme du poison. J'ai juste besoin de temps pour y réfléchir.

La première fois que Guendolyn est arrivée au

Royaume Errant, j'ai surpris Deimos en train de la mordre. Ce salaud l'a marquée. J'ai su alors qu'il était attiré par elle, malgré son déni. Et j'aurais dû savoir que le goût de son sang l'affecterait aussi. Comme il m'a affecté.

– Te voilà, dit Ahren. Deimos, ils insistent pour nous donner un seul cheval, par rapport à ce que tu as négocié avec eux.

– Bande de chiens, grogne-t-il.

Il passe devant moi pour retourner dans la taverne, Ahren sur les talons.

– Des chevaux, dit Guendolyn. Je ne sais pas trop ce que j'en pense. Je ne suis montée dessus qu'une fois à l'école. Je croyais qu'on allait avoir une calèche ?

Mon souffle s'accélère. *Calme-toi.*

– Ça va, Luther ? demande-t-elle en s'avançant devant moi.

Ce magnifique visage qui me regarde fixement. Ses yeux bleus plus spectaculaires que le ciel me scrutent en quête d'une réaction, de quoi que ce soit. Cette robe d'un écarlate profond suit les courbes de sa taille fine, attirant l'attention sur le haut de ses superbes seins. Elle a l'air d'une faë dans cette robe, avec ses longs cheveux blonds qui dansent dans le vent, sa peau pâle et ses yeux fascinants.

– Je vais bien.

Le venin goutte de mes mots, et je déteste lutter pour contrôler mes émotions avec elle. Qu'elle me fasse me sentir vulnérable.

Elle cligne des yeux le temps d'assimiler mes mots.

– Tu as l'air bouleversé.

Avec l'inflexion de sa voix, on dirait qu'elle est surprise. Je déglutis malgré ma gorge nouée, j'ai envie de rugir. Elle plisse les yeux vers moi, et j'en suis réduit à lui faire pitié.

Or Guendolyn est la clé de notre survie, de celle de tous les faë de la Cour des Ombres, alors si je laisse mes émotions éprouver mes limites, tout va partir en vrille. Aussi rageante que soit la situation, aussi tentante que soit ma petite louve, je dois me ressaisir. Me concentrer sur notre mission. Et arrêter de laisser ma queue prendre mes décisions. Je refuse de lui laisser voir qu'elle m'affecte profondément, que je la désire, et que je ne l'abandonnerai jamais jusqu'à ce qu'elle se souvienne de nous.

– Rien de grave, dis-je.

Le frottement de mes chaussures sur le chemin crasseux attire l'attention de quelques passants le long de la rue qui traverse la ville.

Des flammes me lèchent le cœur. Comme Mère le dit, je suis faible parce que je pense avec mon cœur, pas avec ma tête. C'est ma faiblesse, c'est ce que je suis devenu.

– D'accord, mais s'il y avait quelque chose, tu me le dirais ?

J'acquiesce et je souris, mon regard se posant sur ses lèvres rubis. Elle paraît innocente à tous points de vue, mais je sais que ce qui est tapi en elle est tout sauf innocent.

Des images de Guendolyn dans mes bras, nue et criant mon nom, me tourmentent. Sa respiration s'accélère, le renflement de ses seins monte et descend plus rapidement. Mon sexe tressaille à cette vue. Je lève une fois de plus les yeux vers ces lèvres pleines. Comme j'aimerais les mordiller pendant que je la saute et l'amène au bord de l'orgasme, avant de ralentir et de la faire monter encore et encore.

– Nous sommes prêts, déclare Ahren, m'arrachant à ma belle vision.

Guendolyn ne cesse de m'observer… Je sens ses yeux sur moi. À quoi pense-t-elle ? Que je lui cache un secret ?

– Les chevaux nous attendent au portail.

Deimos prend la tête, et nous traversons la ville en un rien de temps. Je ne prête pas attention aux regards des habitants qui suivent tous nos mouvements.

Aux portes de la ville, le garde au crâne rasé et au visage rond d'hier soir nous regarde en souriant. J'ai les mains qui frémissent à l'idée de lui arracher ce sourire. Il a profité de nous dans un moment de faiblesse. Au lieu de nous aider, il s'est rempli les poches.

– Guendolyn monte avec moi, annonce Ahren en choisissant le plus grand des trois chevaux, un monstrueux étalon noir qui racle la terre avec son sabot avant.

Tout le monde le regarde, cette décision est déplacée pour lui, mais je préfère qu'elle aille avec lui pour le moment.

Guendolyn a les bras serrés autour d'elle, ses dents claquent. Le temps a changé rapidement, l'hiver n'est pas loin. Je ne serais pas surpris qu'il commence à neiger d'ici un jour ou deux.

Pendant qu'ils se mettent en selle, je me retourne

vers le garde et le saisis par le col de sa chemise, le serrant à sa gorge.

– Écoute-moi bien, espèce d'idiot, lui lancé-je au visage. Sois très prudent avant de venir réclamer ton allégeance volée. Je n'oublierai pas que tu ne nous as aidés qu'après avoir été grassement payé.

Je le pousse en arrière, et il trébuche. Ses yeux se plissent de haine. Je m'attends à ce qu'il réponde, qu'il dise quelque chose, mais il se contente de me fixer avec des yeux furieux. Saisissant les rênes de mon cheval alezan, je lève mon pied à l'étrier et me hisse sur son dos.

Deimos prend la tête. Guendolyn est assise sur une selle double derrière Ahren, ses bras entourant sa taille, manifestement terrifiée. Et moi… je vais rester derrière. Un coup de talon sur les flancs du cheval, et nous nous mettons en route.

Ce qu'il me faut, c'est tout oublier et me concentrer sur ce qui nous attend une fois arrivés chez nous. Ce sera la partie la plus dangereuse de notre voyage. Et pourtant, la seule chose qui me vient en tête, c'est Guendolyn dans mes bras.

CHAPITRE 20
GUEN

La chevauchée à travers la forêt se déroule dans le calme, me laissant perdue dans mes pensées et mon incertitude croissante. Je m'accroche à la taille d'Ahren, en serrant sa veste pour ne pas glisser de l'énorme cheval. J'ai beau essayer de ne pas me cogner les seins contre son dos à chaque secousse, j'échoue lamentablement. Alors, merde. J'abandonne et me colle à lui. Il y a quelque chose d'extrêmement intime à s'asseoir derrière quelqu'un à cheval. Collé à son dos, les jambes enfourchant son derrière. Oui, je commence à me demander si la raison pour laquelle il a insisté pour que je monte avec lui n'est pas qu'il me veut pour lui tout seul. Il a dit la nuit dernière qu'il ne me détestait pas.

Le claquement des sabots battant le sol nous tient compagnie, ainsi que des ébrouements et des battements de queue occasionnels. Un frisson envahit mes os et mes dents grincent tandis que je tressaute sur le dos du cheval. Le corps d'Ahren est chaud, donc je m'accroche pour maintenir le froid à distance.

Autour de nous, la forêt est un méli-mélo de verts, bronzes et violets, les arbres sont si colorés qu'ils sont hypnotisants. Ça me rappelle le parc près de chez moi en automne. Est-ce que Nickie est en train de flipper en ce moment ? Les flics ont-ils lancé une recherche de personnes disparues pour moi ? Je ne peux rien y faire quand la priorité est d'abord de survivre ici, puis de trouver un moyen de rentrer chez moi.

Je jette un coup d'œil à Luther, qui chevauche plus loin derrière nous. Même à cette distance, je le vois broyer du noir. J'ai déjà assez de mal à me remémorer mes propres souvenirs, sans parler de gérer le drame du prince.

– Combien de temps encore ? demandé-je à Ahren.

Il est midi passé, et nous voyageons depuis tôt le matin.

Il tend sa main en arrière et trouve ma cuisse tandis qu'il me jette un coup d'œil par-dessus son épaule. Un grésillement de chaleur remonte le long de ma jambe jusqu'au creux de mon ventre. Mon cœur s'emballe aussitôt. Il suffirait qu'il s'arrête et me prenne sur ses genoux pour que je sois à sa merci. C'est ridicule de voir à quelle vitesse mon corps réagit à la présence de ces trois faë. Ces pensées me perturbent. Il s'est comporté comme un crétin depuis que je le connais, pourtant sa main posée sur mon corps comme ça remue quelque chose en moi.

– Pas longtemps.

Sa main s'attarde sur ma cuisse, et tout à coup j'ai du

mal à respirer. Je ne pense qu'à sa main, à la manière dont son pouce fait des cercles à l'arrière de mon genou. Hier, nous étions prêts à nous entretuer, et aujourd'hui… aujourd'hui, il m'envoie des messages contradictoires qui jouent avec mes émotions.

Sauf que nous ne sommes pas du même monde, et je ne vois pas comment quelque chose pourrait fonctionner entre moi et l'un des princes, du simple fait qu'ils *sont* des princes. Moi… je suis une femme qui ne sait même pas ce qu'elle veut dans la vie ni qui sont ses véritables parents. Certes, selon les princes, ils sont dans ce royaume… à la Cour des Cendres. Oh, et je serais tuée à vue si je m'y rendais. Ma tête est toujours en ébullition et je n'ai pas encore tout compris.

Nous arrivons bientôt au sommet d'une colline, et je resserre ma prise sur Ahren, dont la main s'éloigne de ma jambe. Nous nous arrêtons pour contempler l'immense château situé sur une autre montagne. Je reste bouche bée.

Il est magnifique, sis haut et fier au sommet de la montagne. C'est une vue pittoresque de conte de fées, et je regrette de ne pas avoir mon téléphone avec moi. Je l'aurais eu si Deimos ne l'avait pas détruit.

Des murs de pierre inébranlables brillent dans la lumière du soleil. Des tourelles coniques se dressent dans le ciel au-dessus des tours, des drapeaux flottent dans la brise. Les arbres se pressent avidement autour du château.

– Wouah !

– C'est impressionnant, n'est-ce pas ? dit Ahren avec

fierté. Maintenant, regarde plus bas dans la vallée, dans les bois qui mènent à notre maison.

Mon regard quitte le spectaculaire pays des merveilles, et il me faut quelques instants pour donner un sens à la vallée en contrebas. Il y a tellement de mouvement là-bas, comme si une rivière était sortie de son lit, mais quand je plisse les yeux pour mieux voir, je suis sidérée.

Des centaines et des centaines de personnes se bousculent, se battent et se grimpent dessus pour atteindre le château. Les arbres tremblent violemment tout autour de la montagne ; on aperçoit des corps qui escaladent les branches, dévoilant l'essaim.

J'ai la bouche sèche.

– Ce sont tous des maudits de sang, n'est-ce pas ? Oh merde, il y en a tant, comment on va faire pour passer ?

– On y va. (Ahren pousse son cheval au galop le long du sommet de la colline.) Notre royaume est protégé par des mages qui ont dressé un bouclier magique. Nous faisons face à cet assaut depuis deux ans.

– Vous avez vécu avec ces choses à vos portes pendant si longtemps ?

La malédiction… Je me souviens qu'ils m'ont expliqué le fléau que j'ai apparemment déclenché, et ça, c'est la répercussion ?

– Les maudits de sang sont damnés. Ils se livrent à la mort chaque jour pour entrer dans notre royaume, explique Luther. Nous avons des villages peuplés de faë dans le royaume, des familles, des enfants et des animaux, et puis le château. Il y a tellement de vies qui risquent d'être emportées si les maudits de sang rompent la magie.

La panique monte le long de mon dos jusqu'à ma tête. Je ne peux même pas imaginer ce que c'est de vivre avec ça sur le pas de la porte pendant deux ans.

Nous voyageons rapidement en silence. Mon cœur tambourine, et je me cramponne plus fort à Ahren. Notre trajet prend du temps, car apparemment nous faisons le tour de la montagne.

Lorsque nous nous arrêtons enfin, je scrute les bois, m'attendant à moitié à ce que les créatures surgissent de l'ombre.

– Laisse-moi t'aider à descendre, me dit Luther.

Je tourne la tête pour le voir debout près de notre cheval. L'inquiétude se lit sur ses traits, ce qui m'effraie davantage.

– Oui, s'il te plaît.

Il pose ses mains puissantes autour de ma taille et me tire à lui, ce qui est sans doute la pire façon au monde de descendre d'un cheval. Surtout en jupe. Je me débrouille pour ne pas m'exhiber devant tout le monde, mais je finis par tomber sur Luther. Ma poitrine se presse contre lui alors que j'essaie de retrouver mon équilibre. Ses mains me stabilisent, et je suis gênée de voir à quel point je suis maladroite.

– Je te tiens.

Ses mains ne quittent pas mes hanches, et il me regarde comme s'il allait m'embrasser.

Mon cœur bat si fort que tous les princes doivent l'entendre.

Ahren s'éclaircit la gorge, et je me dégage rapidement des bras de Luther.

– Merci, lui dis-je.

– De rien.

Il se détourne alors brusquement de moi et entreprend de retirer la selle et les sangles de son cheval, comme le fait Deimos. Ahren descend de son destrier et dégaine une épée d'un fourreau fixé au flanc de l'animal. Puis il libère le cheval.

– Qu'est-ce qui se passe ? demandé-je, observant la forêt environnante avec l'impression qu'elle se referme sur moi.

– Nous continuons à pied à partir d'ici, et ces chevaux ont gagné leur liberté, explique Deimos, la voix tendue.

Tout le monde est crispé, et je tremble. Comment ont-ils pu vivre ainsi pendant deux ans, trop terrifiés pour sortir ou rentrer chez eux ?

Les faë font fuir leurs chevaux dans la direction opposée au château. Et quelque chose de chaud remue en moi : même en des temps aussi horribles, ces princes se soucient de ces chevaux.

Quelque chose de léger se pose sur mon nez, une plume douce et froide. Puis une autre et encore d'autres. Je jette un coup d'œil autour de moi et je tends la main.

– Il neige ! hoqueté-je, ne m'attendant pas à un tel changement de temps.

– L'hiver est en avance, remarque Luther en regardant les nuages qui se gonflent.

Des flocons de neige blanche se posent sur son visage, et je ne peux m'empêcher d'admirer sa beauté. Je voudrais tellement me souvenir si nous nous étions embrassés lors de notre rencontre il y a deux ans. De son goût. Bon sang, avons-nous fait l'amour ? Cette pensée devrait me choquer, mais au lieu de ça, mon cœur frémit d'impatience.

– Luther, tu es avec Guendolyn. Deimos, toi et moi prenons la tête, ordonne Ahren en sortant un couteau de sa ceinture. Sa voix sèche me ramène à la réalité.

Luther se colle à moi et me glisse une dague dans la main. Le cuir de la poignée est doux et confortable à tenir.

– N'hésite pas à t'en servir. Avec un peu de chance, tu n'en auras pas besoin.

– Je l'espère.

Je me souviens de la proposition de Deimos de m'apprendre à manier une épée, et c'est peut-être une chose sur laquelle je vais insister si je dois rester bloquée ici.

Ahren et Deimos chuchotent discrètement sur la meilleure direction à prendre, désignant différentes parties des bois.

– Tu crois que ça va aller ? demandé-je à Luther à voix basse.

Il me domine. Je déglutis, fixant ses yeux spectaculaires, semblables à des flammes dorées.

– Si je meurs aujourd'hui, dis-je, faites-le savoir à ma famille pour qu'elle ne pense pas que j'ai disparu quelque part.

Sa main capture la mienne, nos doigts s'entrelacent.

– Le seul moyen pour que tu meures c'est que nous soyons tous les trois tués en premier. Et si ça arrive, que les dieux viennent en aide à la Cour des Ombres.

– D'accord.

Ma voix grince. Tu parles si ça ne me fout pas la trouille, mais peu importe.

Il se penche sur moi, son souffle effleure mon oreille.

– Comment pourrais-je te laisser mourir alors que je n'ai pas encore reçu mon baiser ?

Une sensation grisante m'envahit tandis que j'étudie son expression sexy. Son souffle est comme une plume sur mon cou.

– Je n'ai pas accepté une telle chose, me moqué-je.

– C'est le protocole à suivre quand on rencontre un nouveau prince, réplique-t-il, toujours si de moi que je hume son odeur sexy de cèdre et de musc qui me rend folle.

– Bon, j'ai bien peur de devoir décliner l'offre.

– Et voilà, tu t'opposes encore à un prince.

Un léger sourire en coin effleure sa bouche, et j'imagine ses lèvres sur les miennes. Bon sang, je vais plus qu'apprécier, car je me souviens de la façon dont Deimos m'a embrassé. C'est enivrant. Et cette ivresse s'accompagne d'une chaleur torride qui refuse de me quitter. Je serre les cuisses sur ce plaisir persistant.

Luther se redresse et pose une main sur mon dos, exerçant une pression pour me pousser en avant.

Plus je passe de temps avec les princes, plus je réalise que je perds le contrôle avec d'eux.

– Il est temps, annonce Ahren.

Je me tourne vers lui, ses longs cils cachant ses yeux quand il les baisse sur l'arme qu'il serre dans sa main.

Deimos s'est déjà mis en route, alors nous le suivons.

Le chemin s'assombrit à mesure que nous nous enfonçons dans les bois, la pente s'élevant à chaque pas. Dans cette forêt, il y a des centaines de maudits de sang. C'est tout ce que je dois me rappeler pour garder la tête froide. Ma peur fait couler la sueur dans mon dos, et je marche plus vite maintenant. Luther reste derrière moi.

Les cheveux blancs d'Ahren flottent sur ses épaules comme une cape, la longue épée est sanglée en diagonale dans son dos. Je me souviens de la façon dont lui et Luther se sont précipités sans hésitation pour combattre les maudits de sang dans les bois la nuit dernière. Ils sont forts, mais leur incapacité à s'arrêter et à réfléchir aux choses peut les rendre dangereux. Pourtant, si je dois faire confiance à quelqu'un dans ce monde maudit, ce sera eux.

Mon souffle est rauque à cause de la raideur de la côte ; mes cuisses me font mal, non seulement à cause de cette montée, mais aussi de la promenade à cheval. Tout est douloureux.

Lorsque nous atteignons l'orée du bois, nous faisons une pause. Je m'appuie contre un arbre pour reprendre mon souffle. Il faut que je me mette à la gym. Je suis à bout de souffle alors que les trois princes n'ont pas transpiré une goutte. La neige tombe maintenant plus vite et plus dru, maculant toute la forêt de sa touche blanche.

Ils repèrent une petite clairière devant nous, où le manteau blanc donne à l'endroit un air de conte de fées. Sauf que c'est trompeur... des monstres vivent ici. Des yeux nous trouveront, puis ces monstres attaqueront. J'essaie de faire abstraction de ma panique, mais elle progresse comme une avalanche.

À l'autre bout de la clairière s'étend de nouveau la forêt, mais derrière les arbres, un mur de pierre solide et imposant se fond dans la montagne.

– Es-tu prête ? me demande Ahren.

– Pas vraiment.

– Tu n'as pas le choix, répond-il (ce dont je suis consciente, bien sûr). Derrière ces arbres se trouve un tunnel enchanté. On doit juste l'atteindre, et une fois dedans, on est en sécurité.

– Ça a l'air facile, mais je sens un *mais* arriver.

Du revers de la main, j'essuie la sueur de mon front. Il me regarde avec cette expression confuse, et je secoue la tête.

– On court comme si nos vies en dépendaient, puis on entre dans le tunnel magique.

– Oui, et tu dois faire attention aux fées qui vivent dans ces arbres.

Je reste immobile, frissonnant jusqu'aux os.

– Voilà le *mais*, marmonné-je à mi-voix. Très bien, alors comment on s'occupe des fées ?

– Ne t'arrête pas, dit Luther. Mais n'en blesse pas une, car ça les met toutes en colère.

– Compris. Échapper aux créatures assoiffées de sang, être sympa avec les méchantes fées, et rester en vie.

Je suis sarcastique, pourtant tous trois hochent la tête. Ahren lève son couteau.

– Par précaution, nous devrions faire un lien de sang pour que tu puisses ouvrir le tunnel, juste au cas où nous n'y arriverions pas.

Je jette un coup d'œil derrière lui. Ça n'a pas l'air si loin.

– Je suis sûr qu'on peut courir assez vite.

Ahren incise la partie charnue de sa paume d'un petit mouvement de sa lame. Bulles de sang sur sa main.

– Wouah, on fait ça maintenant ?

Je recule, mais me heurte à Luther, qui me bloque avec ses mains sur mes hanches.

– Ça ne te fera pas mal, dit-il, tandis que Deimos détourne le regard, l'air sombre. Il propose simplement de transférer une partie de sa magie pour que tu puisses ouvrir le tunnel.

– Est-ce que je vais changer ?

Deimos grogne.

– Nous perdons du temps.

– Laisse-moi faire, propose Luther.

La tension me noue, et j'aime l'idée de pouvoir me précipiter dans le tunnel au cas où je serais piégée. Mais je déteste celle d'un lien de sang quand j'ignore tout de ce qu'il signifie ou de l'impact qu'il aura sur moi.

– Vite, me presse Ahren.

Luther prend ma main et la tourne paume en l'air. De l'autre main, il tient une dague.

Je détourne le regard, grimaçant avant même que la pointe ne me touche.

– Dépêche-toi.

Le coup est rapide et net, suivi d'une profonde morsure.

– C'est fait.

Je me retourne juste au moment où Ahren prend ma

main dans la sienne, nos deux blessures pressées ensemble, et le sang qui fusionne.

– Sang pour sang, je te transfère la magie de Tathrey pour la durée d'un jour.

– Tathrey ? Que… ?

Une décharge électrique me traverse et je vacille en arrière, mais Ahren me retient contre lui. L'énergie grésille comme des centaines de fourmis sur ma peau. La sensation disparaît aussi vite qu'elle est survenue.

– C'est fait.

Ahren retire sa main. Je jette un œil à la mienne ensanglantée, remarquant que la coupure était à peine une entaille. Pourtant, elle palpite comme si elle avait son rythme cardiaque propre. Je secoue la main et je sens qu'autre chose que ce simple pouvoir de Tathrey est passé en moi.

La terreur s'accroche à moi, mais je ne peux pas continuer à me recroqueviller dans la peur. J'en ai marre de me cacher et d'être faible. Je n'ai d'autre choix que de me lever et me battre.

– Allons-y, murmure Deimos en désignant la clairière du menton.

Luther me pousse pour que je passe devant, et aussitôt, nous nous mettons à courir.

Mon estomac remonte à ma gorge. Mes pieds martèlent le sol. Cinq cents mètres à traverser.

Les ombres tombent sur nous, masquant le ciel.

Je commets l'erreur de lever les yeux.

Les maudits de sang tombent sur nous. Ils se jettent du bord de la falaise, certains depuis des hauteurs vertigineuses.

La peur me transperce comme un fil barbelé.

Je sprinte plus vite encore alors que les créatures touchent le sol autour de nous avec un bruit sourd. Le bruit d'éclaboussure me rend malade. Les os craquent, mais elles se relèvent quand même, les bras pendants, le cou tordu et brisé. Elles se relèvent encore, bordel.

L'un d'eux s'écrase dans l'herbe enneigée juste devant moi. Je trébuche sur le corps et tombe en avant, la tête la première. Je me relève en tremblant frénétiquement. Quand je me retourne, je vois les princes en train de taillader les maudits de sang, qui ne semblent pas mourir facilement.

Le sol tremble sous mes pieds comme si une ruée s'approchait.

– Cours ! Fonce dans le tunnel ! crie Deimos.

Je me retourne juste au moment où une marée de maudit de sang émerge des arbres de chaque côté, courant vers nous comme des démons voraces. Je ne vois plus que ces yeux noirs infernaux et ces bouches béantes.

Je sprinte comme je ne l'ai jamais fait auparavant. Comme une folle.

La mort. Je ne vois que ça.

Je ne regarde pas en arrière. Je ne peux pas.

La terreur est ancrée dans ma poitrine, et je carbure à l'adrénaline. Je ne sens pas mon corps, mais ma tête me hurle de ne pas m'arrêter.

Des grognements et des cris résonnent dans l'air.

Va vers le tunnel.

Je ne peux pas me retenir et je regarde en arrière. Deimos est le plus proche de moi, combattant trois monstres qui viennent vers moi. Les autres sont assiégés. Et d'autres essaims sont presque sur nous.

– Courez ! leur crié-je.

Ils ne peuvent pas tous les éliminer.

– Fonce ! grogne Deimos en passant sa lame sur la gorge d'un maudit de sang.

Je pivote sur mes talons et m'élance vers les arbres. Je les atteins en quelques secondes. Les branches me fouettent, me déchirent le visage et les bras, me tirent les cheveux.

Je traverse les bois sans ralentir.

Des pas lourds retentissent derrière moi, et je jette un bref coup d'œil en arrière.

Trois maudits de sang me poursuivent. Je tremble et j'ai envie de pleurer. Mes jointures sont blanches autour de la lame qu'on m'a donnée. Mais je ne peux pas me battre contre trois d'entre eux. Je ne peux pas.

Quelque chose file juste au-dessus de ma tête, me tirant une mèche de cheveux. Mais je le sens à peine alors que je cours pour sauver ma vie.

Un autre souffle, mais je continue.

Les bois sont plus épais, plus sombres ici, la neige ne s'infiltre que par les interstices de la canopée, et je ne vois aucune montagne ni aucun tunnel. Mon Dieu, faites que je ne sois pas partie dans la mauvaise direction.

Il y a d'autres bourdonnements au-dessus et autour de moi. Ce sont les plus grands insectes du monde, et je les chasse. Mais quand j'aperçois le reflet irisé des ailes, j'y prête plus attention.

De minuscules figures rondes, de grands yeux noirs

et de larges bouches. Leur corps est couvert de ce qui ressemble à des écailles bleu pâle et vert, du cou aux orteils. Leurs bras et leurs jambes minces me font penser à des insectes. Des ailes en forme de papillons, translucides et de toutes les couleurs.

Les fées.

Elles sont magnifiques.

Ne leur fais pas de mal.

À moins que le maudit de sang derrière moi ne le fasse en premier.

Martelant le sol, je cours à travers l'essaim qui semble s'épaissir. Elles continuent de voltiger autour de mon bras ; je sens de minuscules morsures sur mon poing serré et saignant.

Génial, elles veulent aussi du sang. Tout dans ce monde ne boit que du sang.

Je regarde en arrière et les monstres se rapprochent.

Un hurlement s'échappe de mes lèvres, à pleins poumons.

Les fées sont partout, et je ne vois que les arcs-en-ciel de leurs ailes battantes. Elles grouillent sur mon bras, mordillent ma peau, tirent sur mes doigts pour ouvrir mon poing.

Quelque chose s'écrase dans mon dos.

Je crie et m'affale à plat ventre, lâchant mon couteau. Je me mets aussitôt à quatre pattes.

Les fées sont partout sur moi, se battant et sifflant pour le sang sur ma main. Je ne distingue plus mes bras à travers le charivari des battements d'ailes. Je sens leurs petits pieds, leurs langues qui me lèchent.

J'essaie de les secouer, mais c'est impossible.

Je m'éloigne du maudit de sang qui me charge et me relève, mes cris résonnent dans l'air. Tout autour de moi, il y a des échos, comme des petits cris, et je me rends vite compte que ce sont les fées qui m'imitent.

Ce salaud se jette sur moi. Je suis projetée sur le côté et mon dos heurte le sol. Il est juste là, sur moi. Je le roue de coups, le frappe de toutes mes forces. Les fées sont partout, autour de mes bras, entre nous, sur sa figure.

Les autres maudits de sang se précipitent sur moi, l'un d'eux m'attrape le poignet, m'arrache à la première créature, puis tombe à genoux.

Ses lèvres se retroussent sur des crocs aiguisés, dégoulinants de salive. J'enfonce mon poing dans son visage et me relève, mais le troisième maudit de sang s'élance. Il me plaque contre un arbre, la bouche béante.

Une fée aux ailes plus bleues lui plante de minuscules griffes dans l'œil. Il tressaille, et je m'arrache à lui. Je cours et les fées m'accompagnent, tirant sur ma main, suçant le sang coulant de ma blessure.

Une ombre immense obscurcit les bois à ma gauche. La montagne. Je dévie dans cette direction.

Des pas lourds se fracassent contre le mur, le feuillage craque et se brise.

Le trio me poursuit. Derrière eux, d'autres ombres se rapprochent.

Mes dents claquent sans arrêt, et mon corps tout entier est secoué de sanglots. La terreur me consume, mais je sprinte et continue de progresser. Je ne suis pas prête à mourir, pas du tout. Mon pied se prend dans une racine et je trébuche avant d'atterrir sur les genoux.

Je pivote sur mes pieds, mon appel à l'aide sort faiblement. La peur m'envahit comme une tempête, irrépressible.

Le sol tremble et les branches s'agitent furieusement, laissant tomber toutes leurs feuilles, qui volettent autour de nous comme de la neige.

Une charge d'énergie me traverse brusquement, et je trébuche entre les branches d'un arbre.

Les fées qui m'entourent se précipitent toutes avec moi, imitant ma course chaotique.

Elles gravitent autour de moi comme un essaim. Des lignes de lumière bleue étincelante crépitent autour de leurs ailes. Je m'écarte de l'arbre et ramasse une branche par terre pour faire face aux maudits de sang qui viennent à moi.

Les fées plongent et s'élèvent avec moi, me copiant.

Les monstres plongent sur moi avec leurs griffes et leurs crocs avides pour me mettre en pièces. Muscles fléchis, je recule devant l'attaque qui s'annonce.

En un éclair, les fées affluent vers les créatures. Chacune d'elles attaque au point que je ne vois plus que le battement de leurs ailes. Je m'éloigne en titubant.

La vue est magnifique. D'une beauté morbide.

Des bruits de succion et de chair déchirée résonnent dans les bois.

Quelques secondes à peine s'écoulent avant que les fées ne s'envolent, des gouttes de sang et des bouts de chair tombant en chemin. Quand elles se dispersent enfin, ne reste plus que des os, trois crânes, des cheveux et des vêtements en vrac. Certaines fées festoient encore, suçant la moelle des os brisés.

Cela devrait me rendre malade, mais ce n'est pas le cas.

Je lève les yeux. Deimos se tient à quelques mètres de là. Son visage et ses bras sont éclaboussés de sang, ses vêtements sont rouges. On dirait qu'il revient d'un massacre. Sauf que ses yeux sont exorbités, noyés dans la peur tandis qu'il fixe les restes. Il lève les yeux vers moi avec un regard qui sous-entend que c'est moi qui ai fait ça.

C'est moi ?

– Allons-y, crié-je, parvenant enfin à bouger mes jambes.

Il contourne le charnier et me prend la main. Plus loin derrière lui, Luther et Ahren foncent vers nous à toute allure. Une masse d'assaillants court après eux. *Merde !*

Au pas de course, Deimos et moi surgissons brusquement de la forêt devant un mur de pierre. J'étais si près.

– Ouvre-le. Il dégaine son épée et se précipite en arrière pour aider ses frères.

Tremblant de tous mes membres, je fixe le mur et vois quelque chose de translucide scintiller au-dessus de l'entrée. La protection magique.

Qu'est-ce que je suis censé faire ? Je suis pratiquement en hyperventilation, et j'ai le vertige.

Je me précipite vers le bouclier.

– Ouvrez. Laissez-moi entrer. Sésame ouvre-toi, putain.

Rien. Je me frotte les yeux quand une étincelle provenant de ma main attire mon attention sur la coupure de ma paume. Le sang a presque disparu et ma blessure est complètement guérie. De minuscules étincelles dansent au bout de mes doigts, comme sur les ailes des fées.

– Ouvre-le ! Sers-toi de tes mains, hurle Luther.

Tous trois se ruent vers moi comme des taureaux enragés.

Je m'élance et plaque mes paumes contre la magie. Des étincelles jaillissent autour de mes doigts et avec un *pop*, le chatoiement disparaît.

Luther passe en courant, saisissant mon bras, et me traîne dans la grotte. Ses frères sont juste derrière nous, et le mur se remet en place aussi vite qu'il avait disparu.

Une horde de maudits de sang s'écrase contre la barrière invisible et est projetée en arrière, comme si elle touchait un fil électrique.

Je tremble et recule.

– Ils sont tellement nombreux. Et s'ils passaient à travers ?

– Ils ne l'ont pas encore fait, dit Ahren. Nous devons y aller.

C'est ce que nous faisons. Ma main dans celle de Luther, nous nous précipitons dans la grotte sombre. Au loin brille une unique lumière, comme un phare de salut. Mais je ne suis pas sûre de me fier à quoi que ce soit dans ce monde pour ne pas avoir envie de me tuer.

CHAPITRE 21
GUEN

— Où sommes-nous ? demandé-je. Autour de nous s'élèvent des murs de pierre noire, garnis de torches posées sur des supports métalliques et des statues de lions et d'ours de chaque côté du couloir. Cela renforce l'ambiance gothique façon Dracula.

Des globes de verre sont suspendus aux plafonds par des chaînes, et des flammes vacillent à l'intérieur.

Ahren ouvre la marche et pousse une porte à sa gauche. La lumière jaillit, chassant l'obscurité. Je plisse les yeux au début, après avoir passé la dernière heure à gravir des marches pour atteindre le palais des princes. Le château est situé encore plus haut dans les montagnes, et j'avance en titubant sur des jambes flageolantes, encore étourdie. Je suis très heureuse que nous nous arrêtions.

Mon esprit bourdonne encore des souvenirs des maudits de sang et des fées.

La mort m'avait appelée dans la forêt... mais le destin avait d'autres intentions.

Je suis maintenant les trois princes dans une chambre élaborée, noyée dans le luxe et la décadence. Les murs sont drapés d'un velours noir. Il y a un lit king size avec une tête de lit rembourrée. Les draps de soie noirs et les oreillers bouffants sont trop tentants, vu que je tiens à peine debout. Une coiffeuse et une banquette sont richement sculptées, un lustre à bougies dégouline d'or et de cristaux. D'autres cristaux de toutes les couleurs sont suspendus aux cordons qui attachent les rideaux sur les côtés des nombreuses fenêtres cintrées qui laissent entrer la faible lumière du jour. Dehors, la neige tombe, et si je ne venais pas de fuir des monstres pour sauver ma vie, j'aurais pu profiter de ce magnifique paysage.

– Bon sang, je murmure. Ça a l'air intense ici.

– C'est dommage que tu n'aimes pas, se moque Ahren avec son sourire. Parce que c'est *ta* chambre.

Je reste bouche bée, mais je la referme rapidement, en essayant de faire taire mon cœur surexcité.

– Tu seras ravi d'apprendre que j'*aime* l'intensité.

Pourtant, cette chambre est démente. Je continue à fixer le lit et m'en rapproche. Je tombe à plat ventre dessus, bras tendus. Je respire la vanille et la rose, et le matelas se ramollit sous moi.

– Après aujourd'hui, dis-je en roulant sur le dos et en fixant le plafond parsemé de petits diamants reflétant la lumière, je pourrais dormir pendant une semaine.

– Quelques règles de la maison d'abord, dit Ahren.

Je gémis en me forçant à me redresser.

Deimos regarde par la fenêtre, me rappelant quand

on était au motel et qu'il cherchait le maudit de sang. J'ai l'impression que c'était il y a une éternité. Luther, lui, sort de la chambre, et je suis curieuse de savoir où il va.

– Tu ne peux pas quitter ta chambre, commence Ahren.

– Attends, quoi ? Vous avez fait toutes ces conneries héroïques pour me garder enfermée ici comme Raiponce ?

Un regard confus apparaît à nouveau sur son visage, et je suppose que c'est en rapport avec Raiponce. Mais il continue.

– Deuxièmement, les seules personnes qui sauront que tu es ici sont nous trois, le mage de Luther, et une petite poignée de notre personnel. En aucun cas le roi ne doit savoir que tu es là.

J'arque un sourcil.

– Pourquoi ?

– Des faë très puissants veulent ta mort, grogne-t-il.

En quelques secondes, l'exaspération disparaît de ses traits, comme s'il n'avait pas voulu se retransformer en Ahren en colère.

– Trois…

– Combien de règles y a-t-il ? J'ai faim et je suis épuisée.

Luther revient dans la pièce avec un homme et une femme à sa suite. La femme porte une longue robe bordeaux et un tablier blanc, ses cheveux noirs sont attachés en un chignon. Elle garde la tête baissée, ne pose même pas les yeux sur nous. L'homme mince, aux cheveux courts, porte un simple pantalon noir et une chemise bordeaux. Ils semblent tous deux avoir près de quarante ans. Ils suivent Luther dans une autre pièce dans laquelle j'essaie de jeter un coup d'œil, mais je ne distingue pas grand-chose de mon point de vue, à part le coin d'une fenêtre.

– Trois, poursuit Ahren, tu partageras cette chambre avec l'un d'entre nous à tout moment.

Je lève les yeux au ciel et soupire.

– Donc maintenant je dois partager ma cellule avec un prince ? Je croyais que vous aviez dit…

– Baisse d'un ton. Il n'y a pas lieu de débattre de ces questions ici. Notre priorité est de te garder en sécurité.

Tant de questions se bousculent dans ma tête, mais ce qui *est* clair, c'est que je suis un secret. Et je sais que c'est lié à la malédiction, au fait que je vienne de la Cour des Cendres, et à une douzaine d'autres choses que je dois encore apprendre. Alors maintenant, il veut que je me cache du royaume.

Ahren traverse la pièce et s'assied sur le lit à côté de moi. La compassion se lit dans ses yeux, et autre chose… quelque chose de *plus sombre* quand il me regarde. Comment me voit-il vraiment ? Seulement comme une solution à leurs problèmes ? J'ai mal au ventre à cette idée. Pour une fois, je veux que ma vie ait un sens.

– Pour notre survie à tous, y compris la tienne, nous devons être prudents. Tu dois nous faire confiance.

– J'ai des questions, dis-je.

– Et nous y répondrons. Mais pas avant un peu de repos et un énorme festin.

– Merde, je pourrais manger un sanglier entier tout de suite, grommelle Deimos près de la fenêtre.

Luther émerge de l'autre pièce, tout comme les deux aides qui se précipitent dans le couloir.

– Elles te préparent un bain, m'annonce-t-il.

Je me redresse et je souris.

– C'est parfait. (Je me tourne vers Ahren, lui lance un regard taquin.) Vous allez rester tous les trois pour ça aussi ?

Il ne tressaille pas ni ne réagit.

– Tu veux qu'on reste ?

Bon sang, il est tout à fait sérieux, et je rougis aussitôt. Mais je chasse de mon esprit les images de moi nue dans une baignoire avec lui. À la place, je me tapote le menton.

— Hmm. Laisse-moi y réfléchir.

Je ris et me laisse retomber sur le lit, appréciant de ne plus être debout.

– Il y a une quatrième règle.

Bien sûr qu'il y en a une. La forêt pourrait me manquer plus vite que je ne le pensais.

– Je t'écoute.

– Tu vas devoir te trouver un nouveau nom.

Les traits chiffonnés, je me redresse sur les coudes en le regardant fixement.

– Pour que personne ne découvre qui je suis ?

– Exactement. Alors, réfléchis à un nom, ou je t'en trouverai un.

Je hausse un sourcil.

– Non merci. J'imagine déjà le nom que tu vas trouver. Quelque chose de royal, pompeux et embarrassant.

L'homme et la femme qui sont venus avec Luther se

précipitent à nouveau dans la pièce, chacun portant deux seaux d'eau en bois.

– Faut-il aller les aider ?

Je me lève juste au moment où un autre homme entre par la porte ouverte de la chambre. L'homme est grand et fier. Des cheveux blancs courts, un nez fin et long, des oreilles allongées et une cicatrice qui descend le long de son cou sous le col de sa veste de style militaire. Deux rangées de boutons dorés courent de sa taille à ses épaules. Il semble avoir une quarantaine d'années et me jette un rapide coup d'œil en coin.

– Pardon, Votre Altesse Royale. (Il incline la tête.) Votre père a demandé votre présence immédiate dans la salle du trône.

– Merci, Mael, répond Ahren d'un ton dur. Dites au roi que nous serons bientôt là.

Poussant un profond soupir, l'homme ne bouge pas, mais sa frustration se lit clairement sur son visage.

– Excusez mon langage, Votre Altesse Royale. Ses mots exacts étaient : « *Amenez le cul d'Ahren ici maintenant, ou votre tête va tomber* ».

– *Merde*, rugit Ahren en sautant du lit. Très bien, Luther, tu viens avec moi. Il va demander où on était, alors trouve quelque chose avant qu'on arrive au château. (Il se tourne vers moi.) Deimos s'occupera de toi jusqu'à notre retour.

Il sort de la pièce. Luther échange un regard inquiet avec Deimos, qui secoue fermement la tête en réponse au message tacite qu'ils ont partagé. Puis Luther sort derrière Ahren.

– On dirait qu'il n'y a plus que nous deux, dis-je.

Deimos n'a pas bougé de sa place près de la fenêtre, et je soupçonne qu'il ne va pas révéler sa présence.

***

Je me glisse dans l'eau chaude d'une baignoire en cristal géante, faite d'une grande pierre transparente creusée au milieu avec une finition lisse. Sa forme ronde peut facilement accueillir deux ou trois personnes. Je n'ai jamais rien vu de tel et je ne veux pas savoir comment ils ont fait pour amener cet énorme cristal jusqu'ici. Je m'étends, le dos contre la pierre lisse, respirant profondément. J'aime l'incroyable sensation de chaleur contre ma peau. Mes pieds coupés et égratignés palpitent de plaisir. Je jette un coup d'œil par la fenêtre où les nuages cachent désormais le soleil. La neige tombe abondamment avec en toile de fond la forêt et les montagnes. C'est magnifique. Spectaculaire.

La porte donnant sur la chambre s'ouvre brusquement. Je bondis en avant et éclabousse de l'eau partout en essayant de me couvrir.

– Désolé, madame, ce n'est que moi.

L'assistante en robe bordeaux entre avec un plateau qu'elle pose sur la table à côté de la baignoire, en baissant la tête pour éviter de me regarder. Il y a une tasse d'une boisson fumante et un bol de fruits. Elle me tend également un pain de savon qu'elle a sorti de sa poche.

– Merci beaucoup.

– Je vous en prie.

Elle s'incline, en me jetant un bref regard à travers

ses cils, et quitte rapidement la pièce, mais elle oublie de fermer la porte.

— Pouvez-vous fermer la porte s'il vous plaît ?

Ses pas s'estompent, elle est partie. Super. D'ici, je distingue le haut de mon lit, et il n'y a aucun signe de Deimos.

— Ça va là-dedans ? demande-t-il en s'approchant.

— J'espère que tu ne crois pas que tu vas entrer ici, dis-je d'un ton ferme.

Il rit, un son délicieux et enjoué, mais il ne me répond pas.

Les bras serrés sur ma poitrine, j'attends qu'il entre dans la salle de bains, mais il ne vient pas. Le silence s'étire, et je finis par m'étendre dans la baignoire. Faisant mousser le savon dans mes mains, je le passe sur mes bras, mon cou et mon visage, puis sur mes cheveux.

— C'est fantastique de prendre un bain, m'écrié-je. À la maison, nous n'avions qu'une douche, et c'était bien, mais ici, j'ai l'impression d'avoir mon propre spa de massage. Si j'avais une baignoire comme ça à la maison, je l'utiliserais tous les jours.

— Est-ce que tu veux que je vienne te masser ? Ça t'aiderait ?

— Ah, tu es tellement drôle.

Il rit, et ce son a quelque chose de réconfortant.

— Alors, penses-tu qu'il y a des faë dehors qui veulent vraiment me tuer ? lui demandé-je, sans pouvoir m'empêcher de penser aux paroles d'Ahren.

— Je voudrais dire non pour que tu n'aies pas peur…

Il n'ajoute rien d'autre, et je suppose que j'ai ma réponse.

Je m'allonge et m'immerge jusqu'au menton, en m'efforçant de chasser tout ce qui me passe par la tête.

– Que s'est-il passé dans la forêt avec les fées ? demande-t-il. Je ne les ai jamais vues attaquer un groupe de personnes et pas celles à proximité. Ce sont des prédatrices, et dès qu'elles sentent l'odeur du sang, elles se déchaînent.

Je lève la main, de l'eau s'écoule de ma paume. L'entaille au couteau que nous nous sommes faite, Ahren et moi, lors de notre union par le sang, est complètement guérie. Je passe un doigt sur la partie charnue : lisse, sans même une égratignure. Je me souviens que les lignes bleues d'énergie des ailes des fées étaient également sur mes mains, bien que je n'aie pas compris ce que c'était sur le moment.

– Elles m'ont sauvée des maudits de sang. Pendant que je courais, elles n'arrêtaient pas de lécher le sang sur ma main. Quand ils ont attaqué, elles ont imité mes mouvements, puis elles se sont déchaînées sur ces créatures. Est-ce un comportement normal ?

Pas de réponse.

– Alors c'est si grave que ça ? murmuré-je, la poitrine contractée.

– Avant, je chassais les fées. Elles attaquaient des villages entiers et festoyaient sur des dizaines de faë, en ne laissant pas grand-chose derrière elles. Mais je ne les ai jamais vues se comporter comme elles l'ont fait dans les bois.

La peur s'insinue dans mon esprit.

– Elles n'ont peut-être pas aimé mon sang.

Ma tentative pour en rire manque de naturel. Ou

peut-être que c'est lié à mon lien de sang avec Ahren. Ont-elles senti son sang royal ? Est-ce que ça existe ?

– Ou elles l'ont beaucoup aimé et ont voulu te protéger pour un plus gros festin, suggère-t-il.

– Tais-toi. Arrête d'essayer de me faire peur, lui dis-je en grommelant à voix basse que je l'ai laissé m'atteindre.

Il éclate de rire et je jette mon savon, en espérant toucher le mur pour lui faire peur, mais au lieu de cela, il passe à travers la porte et glisse sous le lit. *Oh, merde.*

– J'attends de toi que tu viennes et te penches pour aller chercher ce savon, marmonne-t-il.

– Et j'attends de toi que tu sautes par la fenêtre, mais rien de tout ça ne va se produire maintenant, n'est-ce pas ?

Il glousse, et je gémis tout bas.

Il y a tant de pensées qui refusent de me laisser tranquille, provenant de ce que Luther et Ahren m'ont dit ou de ce que j'ai vécu. Je croyais qu'en venant dans le royaume, je serais en sécurité. Alors pourquoi suis-je cachée dans cette pièce ?

– Hé, Deimos ?

– Oui, Guendolyn ?

– Pourquoi dois-je me cacher du roi ?

Son soupir me parvient.

– Beaucoup sont au courant pour la fille de notre monde dont on a prédit qu'elle déclencherait une malédiction qui détruirait la Cour des Ombres. Et compte tenu de la guerre que nous avons menée ces deux dernières années, le roi a déjà fait part de son désir de te tuer pour avoir apporté cette malédiction à son royaume.

– Mais tu sais que…

– Que quelqu'un t'avait maudite et que tu en étais la porteuse. Mais la colère peut déformer l'esprit des gens. Nous devons donc te garder en sécurité jusqu'à ce que nous trouvions un moyen d'annuler la malédiction.

Je ne sais pas quoi dire. Quelqu'un s'est servi de moi comme d'un pion, et me voilà mêlée à cette pagaille.

Quand mes doigts ressemblent à des pruneaux, je sors du bain, me sèche avec un tissu fin qui doit être une serviette et enfile une robe que la femme m'a laissée, bleu pâle avec des manches longues. La coupe est ample jusqu'à ce que je remarque des lacets dans le corsage qui s'enroulent autour de ma poitrine et de ma taille, et je commence à les serrer. Le tissu doux et soyeux tombe en vagues jusqu'à mes pieds. Je passe mes doigts dans mes cheveux emmêlés et les repousse loin de mon visage avant d'entrer dans la chambre.

Deimos est assis, dos au mur, près de la porte de la salle de bains, les bras posés sur ses genoux. Il me regarde avec un sourire en coin. La porte donnant sur le couloir est fermée.

– Comment était le bain ? demande-t-il.

– Incroyable. C'est comme ça qu'on se détend.

Il se hisse sur ses pieds, se tenant bien droit.

– Savais-tu que les faë trouvent des compagnons pour la vie ?

– Pas de rencard alors ? (Je l'étudie, ainsi que la lueur dans ses yeux.) Ça sort d'où, cette question ?

Il passe une main sur sa magnifique bouche, tirant

sur ses lèvres pleines que je ne peux m'empêcher de regarder.

– Je pensais juste à la première fois que je t'ai vue dans ton royaume, et à la manière dont les humains essaient de trouver leur partenaire de vie.

– Pour être honnête, je ne suis pas sûre que les gens aient vraiment un partenaire de vie. (Ça explique pourquoi les taux de divorce crèvent le plafond.) Est-ce qu'on sait vraiment si on en a un ?

Il me prend la main et place ma paume sur son cœur.

– Les faë le ressentent ici. C'est électrique et instantané et ça te frappe en pleine poitrine.

Mon cœur commence à s'emballer. Tout ce que je sens pour le moment, ce sont des muscles puissants.

– Donc ce n'est pas basé sur le statut familial et l'argent ?

– Certains se marient pour ça. D'autres pour avoir de la compagnie. Et les plus chanceux trouvent leur âme sœur.

– Tu as déjà trouvé la tienne ?

Je me sens stupide de demander ça, parce que j'ai l'air de l'inciter à me choisir, et j'aimerais revenir sur ma remarque. Je détourne le regard, mais il s'approche et soulève mon menton.

– Je suis en train de la regarder en ce moment, répond-il avec un sourire radieux.

Cet homme magnifique qui me coupe le souffle ne peut pas être sérieux.

– Tu n'es pas obligé de dire ça.

Mais il se penche déjà, et sa bouche touche la mienne. Mon corps réagit immédiatement, s'amollissant contre lui, et l'excitation me submerge le temps d'un seul souffle.

Son pouce effleure ma mâchoire et descend jusqu'à mon cou. Il m'embrasse doucement, nos langues glissant l'une contre l'autre, s'explorant mutuellement. Deimos me remplit de désir et d'une explosion de besoins. Tout en lui est paradisiaque.

Et la pulsation entre mes cuisses me révèle que croire que je contrôle quoi que ce soit est une pure illusion.

Notre baiser devient impatient. Je me noie sous lui et je glisse mes mains sur sa nuque, me soulevant sur la pointe des pieds pour l'atteindre. Comme lors de notre dernier baiser, mon cœur rugit dans ma poitrine, et l'excitation provoque une chaleur moite entre mes jambes. Il a cette façon de me captiver. Est-ce que c'est ce que signifie être son âme sœur ?

Je romps notre baiser pour reprendre mon souffle, nos fronts se touchent. Son contact est frais contre moi alors que je suis brûlante.

— Ça fait des jours que j'attends de t'embrasser à nouveau, murmure-t-il. Tu ne comprends pas combien tu es spéciale, combien tu es belle.

— Peut-être qu'on ne devrait pas faire ça, je murmure, agrippant le devant de sa chemise.

— Pourquoi pas ?

— Comment puis-je être ton âme sœur ? Ça n'a pas de sens. Je ne suis personne, et tu es un prince. Tu vis ici, et je finirai par rentrer sur Terre.

— Trouver sa moitié n'est pas une question de logique. C'est primitif, sauvage et instinctif. Je veux te montrer que tu es mienne. Tu me supplieras et je te donnerai tout.

J'essaie de parler, mais il met la main sur ma nuque et m'attire plus près. Nos bouches s'entrechoquent, et je tombe sous son charme. Même si j'essayais, je ne pourrais pas m'en empêcher. Mais c'est le problème. Je ne veux pas essayer. Ses mains écartent la robe de mes épaules, sa bouche trouve la peau douce.

Il est tellement fort, ses muscles ciselés ondulent sous mes doigts.

Des gémissements s'échappent de mes lèvres.

Il m'embrasse à nouveau et me fait reculer avec insistance jusqu'à ce que mes talons heurtent le mur. Son odeur est divine, enivrante. Ses mains tirent sur ma robe et, empoignant mes cuisses, il me hisse au niveau de ses yeux. J'enroule mes jambes autour de sa taille. J'aime ce côté de lui. La domination. La faim.

Je suis excitée comme jamais. Chaque centimètre de mon corps bourdonne de plaisir, et le brasier entre mes jambes est très humide. J'adore le Deimos qui va droit au but quand il s'agit de prendre ce qu'il veut. Je l'ai désiré dès la première fois que j'ai posé les yeux sur lui.

Son corps se presse contre moi, la bosse de son pantalon s'écrase sur l'apex entre mes cuisses.

Un gémissement s'échappe du fond de ma gorge quand sa main s'abaisse. Ses jointures effleurent la pointe tendue de mon sein, et je me cambre en réponse. Sa main s'enfonce plus loin entre nous et se glisse sous ma jupe, ses doigts trouvant rapidement mon clitoris. Je halète. Il effleure mon bouton encore et encore.

– Je t'en prie, Deimos, le supplié-je, mon cœur tambourinant dans ma poitrine.

Je n'ai connu qu'un seul autre homme avant, et il n'était pas comparable, loin de là.

– J'ai attendu si longtemps pour te toucher comme ça. Te goûter. Te sauter. Alors, tu es prête à succomber ?

J'arrive à peine à penser clairement alors que ses doigts glissent sur ma chaleur. Il en introduit un en moi, et mes gémissements se transforment en cris. Je me cambre contre lui, le corps en feu. Sa langue plonge dans ma bouche pendant qu'il me pénètre de ses doigts.

Il penche sa tête vers mon cou, y frotte son nez.

– Tu sens incroyablement bon.

Je gémis, j'en redemande. Tellement plus.

Quelque chose change dans l'atmosphère autour de nous. Ma peau se hérisse, mais je ne sens que le pouvoir de Deimos, son ivresse qui m'embrume le cerveau. Je m'arc-boute en criant de plaisir, cramponnée à ses épaules.

Le feu s'abat sur moi, me déchire, explose en moi, et je crie sous son intensité croissante. Sa force me fait trembler, et je frémis dans ses bras.

Une énergie torride se dilate et soudain, l'électricité inonde la pièce, enflant à mesure que je l'inhale.

Deimos émet un grognement bestial et enfouit son visage dans mon cou, ses dents traînant sur ma peau. Ses doigts frottent mon sexe si vite que je n'y vois plus clair.

On dirait que le mur tremble derrière moi. C'est sûrement mon imagination, car je me noie dans des vagues d'extase qui effacent tout le reste.

Deimos est tout ce qui compte. Il introduit deux doigts en moi, m'étire, et je hurle de plaisir en me laissant aller à cet orgasme me fait frémir.

Et à ce moment précis, la pièce entière tremble violemment. L'énergie rayonne de ma poitrine et jaillit. Se répand le long de mes bras, pulse à travers moi.

Des éclats bleus d'électricité jaillissent de mes mains et se répandent dans la pièce.

Est-ce que j'hallucine ?

La vue du trône est imposante, mais ce n'est rien en comparaison de celui qui y est assis. Un roi sans pitié ni compassion. Parler hors de propos peut vous faire tuer ici. Le grand hall est long. Des statues de marbre et d'or représentant des vierges en robes et ailes flottantes bordent chaque mur. Des colonnes encadrent le passage qui court au milieu. D'où que vous vous teniez, le point central de la pièce est le même : le trône.

Noir comme la nuit, il se dresse en haut d'une plate-forme de treize marches, comme un heureux présage. Le fauteuil est large, avec un haut dossier dentelé sur le dessus avec des griffes d'ours aux extrémités des accoudoirs. Derrière le trône se trouve une énorme fenêtre ronde, dont la lumière se déverse à l'intérieur. De notre point de vue, nous ne voyons que des nuages. Autrefois, des dragons parcouraient le Royaume Errant, et la fenêtre a été créée pour que les bêtes puissent être vues en train de voler à l'arrière-plan, en tant que gardes du roi.

À présent, le roi, mon beau-père, est assis dans le fauteuil, celui à côté de lui est vide. Où est Mère ?

Luther marche à mes côtés, ses fortes épaules droites et confiantes. Il sait qu'il ne faut jamais montrer de faiblesse à la cour. Nous avons toujours affronté Père ensemble. J'apporte la voix de la raison, il apporte la connaissance, et Deimos est le rêveur et le combattant. Il déteste le théâtre de la cour et parle toujours à tort et à travers. C'est donc préférable qu'il ne soit pas impliqué.

– Mon roi, dis-je, en portant deux fois le poing sur mon cœur et en m'abaissant sur un genou.

Luther fait de même.

– Levez-vous, merde. Il n'y a que nous ici, rugit-il.

En me relevant, je vois le roi descendre les marches à grands pas, sa forme imposante occupant une bonne largeur de l'escalier. La couronne d'or est posée sur sa tête, ses cheveux fous semblent s'y emmêler comme si elle faisait partie de lui. Il est vêtu d'un manteau noir boutonné jusqu'à la poitrine. Il a taillé sa longue barbe blanche et ses cheveux sont coupés court comme Mère l'a toujours demandé. On dirait qu'il l'écoute enfin.

– J'ai entendu des rumeurs, grogne-t-il en s'approchant de nous, le regard plein de dédain. Des rumeurs selon lesquelles mes trois fils ont quitté le royaume sans ma permission.

Je déglutis, mais ne bronche pas.

– Les rumeurs sont comme un mauvais vin, Père.

Elles laissent toujours un goût amer, dis-je. Si vous avez besoin de nous, venez directement dans notre palais.

Il soupire et se gratte le cou, comme il le fait toujours lorsqu'il envisage de parcourir les centaines de marches entre le château et notre palais. Il ne le fait jamais, ce dont je lui suis reconnaissant.

Luther intervient :

– Nous avons entendu parler d'intrusions dans des villages du royaume, alors nous sommes allés personnellement les inspecter et assurer à notre peuple qu'il est en sécurité.

– À l'intérieur et à l'*extérieur* du royaume ? rétorque-t-il.

– Les deux, répond Luther.

Les yeux du roi se plissent d'un air mécontent. Lui fournir une vérité partielle couvre nos arrières si quelqu'un nous a vu rentrer dans le royaume. *Merci, Luther.*

– Est-ce vrai, Ahren ?

Il s'arrête devant moi, ces yeux sombres s'écarquillent, notre explication le prend par surprise.

– Oui.

Il nous étudie avec doute et incrédulité.

– Puisque vous respirez encore, je suppose que vous avez réglé toutes ces intrusions ?

Il émet un ricanement narquois.

– Rien qu'un peu de magie, pas de mal, dis-je. Et les familles se sentent plus en sécurité.

La Cour des Ombres est remplie de traîtres. Je l'ai appris dès que nous sommes entrés dans ce royaume. Donc à part mes frères et quelques employés proches, je fais confiance à très peu de personnes. Y compris à ma mère. Je l'aime tendrement, mais elle est comme le soleil. Glorieuse et bienfaisante, mais ils brûlent tous les deux si on s'en approche trop.

– Mère n'est pas à la cour aujourd'hui ? demandé-je, juste au moment où une énergie crépitante parcourt mes bras, hérissant les poils de ma nuque.

L'air s'épaissit, et je me raidis. De la magie, je la sens dans l'air qui me pique les narines à chaque inspiration.

Le roi se raidit. Il la sent aussi.

– Ahren ! crie Luther, juste au moment où une étincelle d'électricité bleue danse juste devant le trône.

– Gardes ! hurle le roi. Intrusion !

Devant nos yeux, des ombres se déploient à partir de rien et s'étendent vers l'extérieur. La masse prend une forme ovale, les ténèbres nous regardent de l'intérieur.

Mon cœur battant trop vite, je dégaine les lames à mes hanches et me place devant le roi.

Une cloche stridente brise le silence.

Des pas frappent le marbre derrière moi alors que les gardes approchent, mais mon regard reste fixé sur l'ombre chatoyante. Luther est à mes côtés, l'épée à la main.

La foudre bleue danse et frémit autour du trou noir, le maintenant ouvert. De la magie.

De l'obscurité surgit une silhouette mince, la tête renversée en arrière, lâchant un hurlement terrifiant. Puis une autre créature émerge, suivie d'une demi-douzaine.

Ma paume me pique, et je jette un coup d'œil à la coupure cicatrisée sur ma paume par mon lien de sang avec Guendolyn. Une étincelle bleu pâle jaillit au-dessus de la blessure fermée... identique à celle qui danse autour du portail. Je suis pris de panique.

– Merde !

Je ne possède pas une telle magie... c'est celle de Guendolyn. Haletant, je regarde le portail et le même pouvoir qui danse autour de ses bords.

– Les maudits de sang ont envahi le château ! hurle le roi.

D'autres créatures se déversent du passage comme une rivière, et la mort apparaît dans mes yeux.

La mort pour nous tous.

Le sortilège qui liait son destin à leur royaume a libéré sa redoutable malédiction. Elle est le seul rempart qui se dresse entre eux et leur destruction totale…

Je ne contrôle ni mes pouvoirs ni les sombres princes qui ne me lâchent pas d'une semelle. Et mes secrets ne resteront pas bien longtemps cachés, ce qui m'effraie autant que les sombres passés qui pèsent sur mes princes guerriers.

Je ne devrais pas avoir envie qu'ils se tiennent à mes côtés, pourtant c'est le cas. J'ai besoin d'eux, surtout ici au sein de la cour des Faë, un endroit dangereux où les ennemis se cachent à la vue de tous…

Mais tout cela n'aura pas d'importance si je ne parviens pas à contrôler mes pouvoirs.

Ils m'ont déjà coûté très cher et nous ont tous mis en danger de mort.

Alors que le temps presse pour empêcher l'un des miens de devenir une créature maudite, je vais devoir compter sur mes pouvoirs instables et mon lien avec les princes pour nous permettre de vivre et de continuer à nous battre.

Mais chaque victoire s'accompagne d'une nouvelle ombre. Nos chances de nous en sortir vivants s'amenuisent de jour en jour. Et elles faiblissent à chaque pas que nous faisons pour découvrir la vérité derrière cette sournoise malédiction et le sort qui m'attend lorsque tout sera enfin terminé…

Découvrez Apprivoiser une Faë dès aujourd'hui !

À PROPOS DE MILA YOUNG

Auteur à succès, Mila Young aborde tout avec le zèle et la bravoure des héros de contes de fées, dont les aventures ont enchanté son enfance. Elle élimine les monstres, réels et imaginaires, comme s'il n'y avait pas de lendemain. Le jour, elle joue du clavier en tant que génie du marketing. La nuit, elle combat avec sa puissante épée-stylo, réinventant des contes de fées, où les héros sexys vivent des histoires fantastiques. Durant son temps libre, elle aime imaginer qu'elle est une valeureuse guerrière, câliner ses chats, et dévorer tous les romans fantastiques qui lui passent sous la main.

Envie de lire d'autres romans de Mila Young ? Inscrivez-vous ici dès aujourd'hui. www.subscribepage.com/milayoung

Rejoignez le **groupe des Lecteurs Fantastiques** de Mila pour des contenus exclusifs, les dernières infos, et des avantages.
www.facebook.com/groups/milayoungwickedreaders

Pour plus d'informations...
www.milayoungbooks.com/french-home
mila@milayoungbooks.com

www.ingramcontent.com/pod-product-compliance
Lightning Source LLC
Chambersburg PA
CBHW060806190726
48285CB00002B/564